那时，我们还不怕相爱

飞行官小北 作品

世界喧嚣，而我只想和你一起，
安静地努力一会儿。

CnS PUBLISHING & MEDIA 中南出版传媒
湖南文艺出版社 HUNAN LITERATURE AND ART PUBLISHING HOUSE
博集天卷 CS-BOOKY

目录
Contents

W那时，我们还不怕相爱
HEN WE LOVED

谨以此书献给小萌

谢谢你在我最惹人讨厌的那段日子里没有离开我

这个让人嫉妒的家伙

文/ silver
是水果味儿的

从来没见过像小北口碑这么好的人，不论是生活中的朋友还是工作上的编辑，提到他永远都是笑吟吟的，“小北人好啊，长得帅，品质也好”。

我喜欢听他讲故事，因为他有一个作家最本质的真诚，不在故事里堆砌无用的情节，也不担心看完心里会凉飕飕的睡不好。他写东西就好像把你拉到半夜的江汉路跟你坐在马路牙子上陪你聊天，你知道这里白天人声鼎沸，但夜里长长的街道上只有你们。他又长得那么好看，总是轻言细语地说，别哭啦，你超好的。大概是因为他太帅了，你借着他的脸也就一起原谅了这个糟糕的世界。

相对于第一本书，《那时，我们还不怕相爱》更加接地气了，小北对文字的掌控也更加细腻，那些人物都鲜活地存在着，他们就活在我们隔壁的世界。《告别彼岸的少年》里一番苦心没有被辜负的米可，

《再见，我的姑娘》里背负着秘密去照顾儿时一见倾心的吴寻，《上帝无暇顾及的人》里花团锦簇的生活下面目全非的董冉。他们的世界很简单，对的人会从头对到底，错的人中途就会离席。

不是每个坠入爱河的人都会游泳，而小北是那个坐在高台上一言不发的救生员，在你沉溺之前，一个猛子扎过来，把你带回到岸边。我也说不出到底为什么喜欢这些故事，它们让我感到安全，不再是那些什么永恒啊、注定啊，明晃晃地飘在天上。

东东枪老师说过，在真正喜爱的事物面前，人是会丧失评判能力的。就像《钢的琴》，我觉得每帧画面都美，每个细节都到位，每段配乐都熨帖，每句台词都恰当。但若问我“这电影好不好”，我就不知如何回答了。就像问一小伙子，你爱的那姑娘眉毛好看吗？他未必能答出来。他只知道他爱她。

最近我才发现，好的情话是不直白的、戛然而止的，但又充满诚恳。而这一点，小北早就做到了。

尘嚣看不见，
你沉醉了没

发过一条微博，调侃每个朋友圈里都有的某一类人——谐星。

“请爱护朋友圈里的那个谐星，多年以前，他们都曾是最会害羞的少男少女。为了转变，他们承受过常人所不能想象的痛苦。所以，当他们在 KTV 里大跳《舞娘》的时候，请不要笑，请默默地举起手机，记录下这庄严的一刻，让全世界的人都能看到他们的勇敢与坚强。”

这个在 KTV 里大跳《舞娘》的人，在我们这群人里所对应的就是罗安。

所有人都不拿罗安当人看，因为他是人类的好朋友、团队里的吉祥物。你可以用任何夸张戏谑的词汇来调侃他，反正他不介意。应该说，反正他现在不介意了。他把所有能让人介意的，几乎都经历了一遍。

这就是我们最愿意叫他赴局的原因，他好玩，他不介意，他几乎能找到所有关于自己的笑点，也几乎能接受所有关于自己的玩笑。有他在，场子从来都没有冷过，如果他发挥超常，我们甚至可以无酒而嗨。当然，除了那次，那次他自己喝了个烂醉，那次我们被他吓了个半死。

我们这几个跟罗安熟的，已经习惯了他耍宝的套路，说实话，对他的一些常用招数，我们有时也会腻，比如那首他跳了无数次的《舞娘》。但那次局里有新朋友在，其中一位久仰罗安大名，起哄让他再跳一次《舞娘》。

罗安没有拒绝，他从来都没有拒绝过。

他脱掉鞋袜，跌跌撞撞地来到电视机前的空地上，站定，转身，扬起的手臂慢慢高举过头顶，手心朝外，摆了一个蔡依林的经典 pose（姿势），像是在向众人宣布，此刻他就是舞台的中心。

包间里顿时像炸了一样，所有人都造反似的大喊大叫起来，门外几位服务员也踮着脚把脑袋贴在玻璃窗上，好奇里面到底发生了什么事。

罗安毕竟是见过世面的，他没有表现出一丝一毫的紧张。也难怪，这首《舞娘》他跳过无数次了，熟得很，我敢保证，就算他闭着眼睛也能把这支舞呈现得很完美。罗安面带笑意，随着节拍尽情地在音乐声中舞动着，在我们的笑声中舞动着。直到那位起哄的朋友因为笑得太剧烈而不小心按下了静音。

音乐一停，包间里像是进来了班主任，突然安静得鸦雀无声，只剩一颗被扫到地板上的骰子仍没有眼色地继续蹦跶。接着，我们料想不到的一幕发生了。刚刚还在旋转跳跃的罗安在原地愣了几秒，突然“咚”的一声，一屁股坐到了地上，像犯了癫痫似的开始颤抖，一边颤抖一边发出夸张的抽噎声。他颤抖了快半分钟，抽噎了快半分钟，我们这才反应过来，他并不是在搞笑。

当我们冲过去将他扶起抬到沙发上时，罗安还没有缓过劲儿来。他用双手死死攥住我和另外一位朋友的手，快要将我们的手指捏到脱臼了。我们从来没见他这样过。罗安泪眼婆娑地望着我们，像哭到嗓子抽筋的孩童剧烈哽咽，并在哽咽的间隙断断续续地喊：“好累，哥，我好累啊。”

///

罗安从小过于害羞，因此被人欺负到大。当他讲述不堪回首的过往时，我们常会因他兴高采烈的态度而怀疑故事的真实性。比如上初中时班里的浑球儿们拽他到厕所，给他脖子上套一圈儿麻绳，让他跪在地上扮狗这件事，我们死活都不肯相信。

他说：“你们不肯相信，是因为你们没有经历过。”

我们不相信他还有一个理由。那就是当问他为什么总被欺负，为什么被欺负的总是他时，他的答案永远是，“我不知道”。“总得有个原因吧？”我们说。罗安终于不耍宝了，露出从来没有过的、严肃得吓人的神情。

他说："很多事情都没有原因，难道你们不知道吗？"

罗安至今没谈过恋爱，他给自己起了个封号：绝世撸神。据他讲，至今只有一个人让他有过恋爱般的感觉，这个人也改变了他的一生。

那人名叫谭曼，是他的学姐，是他大学时期校文艺部的一位女部长。罗安面试校文艺部时，因为害羞差点没有选上，是谭曼为他挡掉了反对的声音。谭曼告诉罗安，她欣赏他，欣赏他眼睛里那种坚不可摧的单纯。

讲到这里，我们又笑他瞎编，我们从来没有在罗安身上见识过单纯。罗安这个十项全能的耍宝高手，最拿手的能力就是讲黄段子，好些次让在场的姑娘听得面泛红晕追着打他，下手越狠他越高兴。有一回，一位姑娘也不知是手太狠还是心太虚，听完罗安的黄段子竟给了他一巴掌，"啪"的一声把所有人都吓住了，连姑娘自己都觉得尴尬，呆立在那里不知所措。罗安回过神来，捂着脸跪在她脚边大喊："谢娘娘恩典，娘娘千岁千岁千千岁。"

///

在文艺部的日子里，谭曼很照顾罗安，教会了他很多东西，他的性格也比以前开朗了很多（罗安的原话是，"慢慢打开了我的心扉"，边说边将双手掬在胸前，做出类似开花的手势）。罗安喜欢谭曼，也是因为谭曼第一个拿他当朋友。除了她，他从未在任何人身上感受过重视。

谭曼所有不开心的事都会对他讲，不论是专业课老师难搞到她穿低胸装也套不出答案，还是文艺部里有哪个“碧池”（bitch）敢跟她竞争副主席。罗安说很少有人跟他讲心事，谭曼是第一个。因此，罗安凭借男闺密的身份，经历了谭曼大学期间所有的恋爱。

谭曼跟她第六任男友分手时，罗安上大三，而谭曼还差两个月毕业。那段时间，她经常单独找罗安去K歌。谭曼唱歌很好听，但罗安听不了她唱孙燕姿的那首《我怀念的》。谭曼逢唱这首必大哭，大哭仍要唱，大唱仍要哭，尤其唱到“我放手，我让座，假洒脱，谁懂我多么不舍得”这句，肩膀就会颤抖不停，抽泣声在音响里百转千回，总是唱不完接下来的那句“太爱了，所以我，没有哭，没有说”。谭曼总是哭着说：“不哭太难了。”

为了谭曼，罗安私下里哭过的次数比她还多。他当时想，只要能让她开心起来，做什么他都愿意。如果她想给他脖子上套一圈儿麻绳看他装狗，他也会满地爬给她看。罗安苦笑道：“反正我有经验。”

///

罗安跳蔡依林的《舞娘》，也就是在那时候学的。

谭曼有个奇怪的笑点，一看蔡依林抬腿就狂笑。为了能让她早日开心，罗安下定决心，拜了蔡依林“为师”。他那时仍算是内向的男生，为了不让其他人看见，他只敢挑没人的地方练，每天都要练习好几十次，像一位想要篡位夺权的广场舞大妈，每天都在研究怎样把动作做到位，怎样完美亮相、一鸣惊人。

有一次，罗安刚在公共浴室洗完澡，发现浴室没有别人，便突然心血来潮，浑身赤裸着旋转跳跃起来。刚跳到一半，一位别班的男生进来了，吓得罗安腿一软，倒在了地上。他也不知当时自己怎么想的，竟像个婢女似的，顺势给那位男生行了个大礼，求他不要告诉别人。谁知抬起头一看，男生早端着脸盆跑了，估计比他受的惊吓还大。

谭曼毕业前一个月，罗安的《舞娘》终于练成了。他找谭曼 K 歌，特意把《舞娘》塞到《我怀念的》之前。他说，那是他人生中第一次感到骄傲。谭曼看他跳《舞娘》时流的眼泪，比她以前唱《我怀念的》还要多，不过是因为笑的。

音乐一结束，罗安坐到了谭曼身边，跟着她一起喘着大气。谭曼没有感谢他，而是搂过他的脖子，把脸在他肩膀上埋了好久。她把接下来那首《我怀念的》删了。她说："不唱了，太开心了，再也不唱这首了。"

///

一个月后，谭曼邀请罗安去"钱柜"参加他们班的毕业局。"我们文艺部里，谭曼就请了我一个。"罗安说，还是那副扬扬得意的神情。他几乎把所有特殊待他的人都看成主人，就像被人捡回家的流浪狗，把任何细小的温暖都当成莫大的恩赐，把任何本真的付出都看作理所应当的报恩。

罗安本不是会喝酒的人，那天晚上竟替谭曼挡了至少一半，晕乎乎坐在一边，欣赏着手拿话筒边唱边笑的谭曼。那晚谭曼果然没再点

《我怀念的》，没再为她的前男友哭泣。而罗安则用一脸红晕，换来了他根本不敢奢望的，谭曼的一个吻。虽然那个吻很轻，像临睡前的小姑娘吻床边的熊宝宝那样，轻轻落在他的面颊上，他仍觉得那个吻是他这辈子收过的最重的一份礼物。

罗安扶住谭曼的肩膀，像是认识她一辈子了，又像是第一次认识她。谭曼一语不发，嘴唇微张，双眼明亮，似乎是在等待他说点儿什么。罗安第一次感觉到，眼前这个挽着他的手在校园里走过三年的姑娘，不是他的学姐，不是他的闺密，也不是他的主人，而是一个只差一句话就能拥抱的姑娘。

谭曼，我喜欢你。

罗安把这一句在心里练习了千百遍的句子又重温了一次，但还未来得及开口，一位男生就推开包间的门，打断了他。谭曼嘴里发出一声愉快的尖叫，迎了上去。罗安的手自然而然地从她肩膀上滑落。

沙发很软，但罗安感觉手有点儿疼。

谭曼牵起那男生的手，拿着话筒打断正在唱歌的人，对着众人说："这是咱们院研究院的学长汪磊。"话还没说完，众人就迫不及待地起哄："接吻，接吻。"罗安也跟着起哄，虽然他用尽全身力气，却也只能对出"接吻"二字的口型，嗓子发不出任何声音。

谭曼拉着汪磊坐到对面的点唱机前，屏幕雪亮的光无论如何都映不白两人绯红的脸。罗安看着他俩，脑袋里一个声音鹦鹉学舌般重复着："这才对嘛，这才对嘛。"正想着，罗安手机响了，是谭曼发来的短信：帮你点了一首《舞娘》，一会儿别给我丢脸啊。罗安抬头看了谭曼一眼，她正抿着嘴对着他笑。

罗安说，他那么害羞的人，怎么肯在除谭曼以外的人面前跳。但他还是咬着牙，把在手机上敲好的“太晚了，我得先走了”，一个字一个字地删掉了。

一首歌结束了，谭曼将罗安拽到台前对众人说：“下面让我们才艺双绝的罗安给大家跳一首《舞娘》！”谁知大家醉的醉、聊的聊，没有人搭腔。罗安胸中腾起一股无名火，抢过话筒大吼了一声：“欢——呼！”

众人这才清醒过来，接着，雷鸣般的掌声和尖叫声响彻包间。罗安说，那一刻值得纪念，因为那就是他谐星之路的起点。他转过身踮着脚，抬着胳膊，潇洒地对着点唱机前的汪磊说了句：“Music（音乐）。”

跳吧，罗安想，这也许是他最后一次逗谭曼开心的机会了。

小提琴的声音从音响里传了出来，蔡依林的声音也从音响里传出来。这是罗安获得掌声最多的一次《舞娘》。那首《舞娘》是当天晚上的高潮，堪比班里的丑男丑女因为即将离别而凑在一起拥吻。

罗安说，那一刻谭曼并没有跟汪磊坐在一起，汪磊坐在沙发一头，而她坐在另一头，目光紧紧跟随着他的舞步，一会儿打着节奏拍手，一会儿笑得缩成一团，一会儿伸出手指着罗安，跟沙发对面的汪磊喊着什么。虽然罗安听不清她在喊什么，但他知道，谭曼这一刻非常开心，谭曼非常开心不是因为别人，而是因为他罗安。

///

罗安叹了一口气，接着对我们讲：“只可惜那个耳背的汪磊，我当晚死就死在他手中。你说你听不见谭曼喊什么，你跑过去坐她跟前听啊，不然你发短信问啊，你别手贱把音乐给静音了啊，不知道有人正在跳呢吗？谭曼也是，音乐停了脑子也跟着停了吗，年龄不大嘴怎么就兜不住了呢？”

那晚的欢呼声此起彼伏，加上开到最大的音乐声，汪磊实在听不见谭曼在喊什么，喝高了的谭曼又一个劲儿冲着他叫，汪磊索性回过头，按下了点唱机上的静音键。这一按，喧闹的包间顿时安静下来，那对正在接吻的丑男丑女都停下来整理衣服了，只剩下谭曼醉醺醺的声音回荡在空气里。

谭曼狂笑不止，指着罗安朝汪磊大吼：“你看他贱不贱？”

///

罗安说他这辈子只经历过两次冷彻心房的寂静。一次是在云南石林的一个山洞里。那个山洞叫幽兰空谷，因为地势原因静得出奇，静得他连骨头都觉得疼。另外一次就是在那个包间里，只不过那次疼的不是骨头，是心脏。

罗安在死一般的寂静中闭上了双眼。这首《舞娘》他已经练了无数次，不需要看屏幕了，此时此刻他已经不需要看任何东西了。罗安就这样闭着眼睛在台上旋转着、跳跃着，没有音乐的陪衬，他就像个

傻 × 似的，却也像个真正的舞娘，自顾自地跳着。——即使观众退场，即使被砸东西，即使音乐中断，即使他喜欢的人问旁边的恋人，你看台上的那个人贱不贱。

终于，一个世纪以后，蔡依林的声音再次从音响中传了出来。

旋转 跳跃 我闭着眼

尘嚣看不见 你沉醉了没

白雪 夏夜 我不停歇

模糊了年岁

……

舞娘的喜悲没人看见

讲完这个故事后，罗安又做了个专属于他的经典鬼脸，但我们第一次没有笑。问他后来呢，罗安摊着手，跳新疆舞似的扭了扭肩膀，说："后来我就变成这样子了啊。"说完又恢复了一脸贱相。

我在那一刻就知道，再没有什么能伤害到他了。

朋友圈中的谐星，无一例外都是这样。内心有多单纯，世界就有多残忍。因此，他们学会用一种独特的方式保护自己：被世界伤害之前，索性先下手为强，不是把自己骂个狗血淋头，就是把自己打得头破血流，同样要疼，不如让自己下手。

后来我问过罗安，问他跟谭曼还有没有联系。他说有啊，谭曼之后跟他发短信道过好几次歉，他其实已经无所谓了，她说什么就信什么。但他再不肯见谭曼，再不肯参加有谭曼在的任何酒局了。他怕在她面前跳《舞娘》，即使他在其他人面前跳得越来越自然。我又问他，如果不小心碰见谭曼会怎么办。罗安说他会装成一个同性恋，把谭曼的男朋友勾引到手。说完又哈哈大笑，说他其实不恨谭曼，反而要感谢她，因为他现在至少比以前开朗得多，也因此有了很多朋友，而且阴错阳差地成了蔡依林的“本质骑士”。

罗安说，蔡依林的歌里，他最喜欢的还是《舞娘》，喜欢《舞娘》里的那一句，“尘嚣看不见，你沉醉了没”。他觉得这句词就好像在说他，他就像飘舞在空中的尘埃一样，尘埃落定，即如死一般寂静，不如扬起，管他呛到多少人。至少尘埃背后，或许有他喜欢的人，肯在他身上留一抹短暂余光。

罗安说完又哈哈大笑，说他是瞎说的。

圣诞快乐，
一个人先生

一

圣诞节，我觉得比情人节更应该两个人一起过吧。因为天气更寒冷，周遭更喧嚣，一个人就显得很惨。

今年的圣诞节就很惨，我是在学校附近的一家麦当劳里度过的。这家麦当劳我光顾过几百次，我甚至计算过，从宿舍走到店门口大约需要花十首歌的时间。但这一次，我比平常多花了一倍时间，足足听了二十多首才走到。

这大概可以算作我人生中最惨的一个圣诞节了。至于以后会不会更惨，我不确定。不过有一件事是确定的，我以后再也无法听圣诞歌了。那些旋律不间断地在麦当劳里循环，到现在我已经听完了一辈子的量，有些想吐。

在这片只由圣诞歌烘托出的欢乐里，唯一让我有所安慰的是刚刚进来的流浪汉。他和我一样，与圣诞节的气氛格格不入——盖着格格不入的军大衣，打着格格不入的鼾，躺在我对面的长椅上睡得香甜，似乎对圣诞节很不屑。

我莫名有些羡慕他，因为他是一个看不见世界在狂欢的人。一个看不见世界在狂欢的人，便不会注意到自己是一个人。很不幸，我属于看得见的那一类人。当全世界都在狂欢的时候，就算我什么也不做，也会感觉像是被抛弃了一样。尤其是，当我以为我本该属于狂欢的那一类人。

这是一个人先生博客里的几段话。

一个人先生是我大学辅导员的博客名。我们系这届有两位辅导员，一位是易南，另一位是文博。一个人先生博客里的话，都是关于文博的。文博成为一个人先生，也是因为易南。自从易南去世，一个人先生再不过圣诞节了。但他仍会在每年的平安夜，在博客里说一句那一年没有说出口的：圣诞快乐，一个人先生。

二

易南家境不好。跟他混熟了才知道，他整个大学期间都没有电脑，勤工俭学挣来的钱只够生活费，直到保研工作后才存够钱买了一台。他自嘲说，他当辅导员是为了留校，体验一下在大学里有电脑是什么感觉。

读本科时，易南几乎每个晚上都在自习室度过，直到宵禁才往回走。他不是为了学习，而是不想站在舍友背后看他们玩电脑。

我调侃易南说："装什么穷，穷你还用 iPod。"

易南笑笑，说："这是文博送我的。"说完脸就红了。

身为辅导员，易南却比我们还要腼腆。找他开张请假条，脸红得比我们还快。就因为易南的性格，文博走到哪儿都带着易南，连睡觉都睡在一起——同一间二人床位的辅导员寝室。

我们都开玩笑说易南是文博的媳妇，文博有时候也这么叫，甚至当着全办公室人的面："媳妇给我拿个章，孩子们又要骗假。"除了易南，所有人都在笑，包括文博。易南假装没听见，坐在桌前不动弹，但片刻后还是会红着脸从抽屉里拿出章，走过去重重塞到文博手里。

三

我时常纳闷，易南和文博读本科时并非同班，也不在同一间宿舍，关系怎么会那么好。易南说他们是在团委认识的，接触多了自然就熟了，但他言语间似乎想起什么，突然就笑了。

易南笑得非常自然，却莫名令我触目惊心，就好像一个甘愿为心爱之人顶替罪名的犯人，审讯中突然露出笑容：自在，踏实，藐视世界，不待上苍，似乎胸中隐藏着一个值得用命来交换的真相。

但易南毕竟是个凡人，跟我更熟一些之后，没几个月就向我供认了真相。关于文博，他都写在设定禁止所有人浏览的博客里，直到给我开放。

易南即将上完大一学年的上半学期，想趁寒假往家里带些东西，于是在团委的群里问北京有什么特产。群里有说稻香村的，有说袋装烤鸭的，说着就开始讨论哪里的馆子好吃，没人再理会他。

这时，从未跟他聊过天的文博开了一个小窗，告诉他别买盒装的东西，不好吃还贵。他说，周末带你去个地方，那里卖的特产绝了，一般外地人不知道。他说，你哥是北京本地人，还能骗你不成。说完又发了一个笑脸，是那种已经很少有人用的用一个冒号和半个括号组成的笑脸。

易南后来再看到那个笑脸，心里还是会仓皇一跳。

文博说的是地安门附近一家以绿豆饼闻名的糕点店，店门口时刻都排满了人。终于排到易南时，他不知轻重，张口就要了二十斤。排他身后的一位大妈估计等得不耐烦了，加上易南买得多，猜到他是外地人，用整排人都能听见的声音说："过年回家就买这个啊？也不给你妈吃点儿好的。"

易南脸"唰"的一下又红了，攥着钱的手躲在口袋里不敢出来，就直愣愣地干站在那里不知所措。大妈仍叨叨个没完，易南低声说了句"不要了"正准备走，文博一把将他拉住，转身冲那位大妈一笑："他妈比您强，还有儿子惦记着，您老人家可得亲自站在这儿，您儿子去哪儿了？"

那位大妈再说什么，我一句也听不到了。我只记得我当时的脸很烫，不全是因为那位大妈。文博把我的胳膊攥得很紧，有些疼，我没办法挣脱，但其实我一点儿也不想挣脱，甚至当他放开的一瞬间，我竟有些失落，觉得天气一下子冷了起来。

那天，文博为了气那位大妈，把剩下的几十斤绿豆饼都买下了，要再等半个小时才有新的。放假前的那几天，他也只好和我混在宿舍里消灭绿豆饼。他说他从小吃这个长大，没想到有一天会吃吐。

乱讲。

我怎么就吃不吐，明明很好吃啊，每吃一个都跟吃第一个一样，都能想起来那天，脸很烫的那天，天很冷的那天，他陪我在地安门买绿豆饼，将我的胳膊攥得很紧的那天。

四

易南在大学里最开心的事，发生在他和文博当上辅导员那年，和一位名叫柳仙儿的大一新生有关。柳仙儿是易南带的团支书，也是易南人生中第一个要好的异性。易南开心，不是因为柳仙儿，还是因为文博。

大学四年，易南每年过年前都要和文博去地安门买绿豆饼，每次都要买二十斤，然后在离开学校之前，像两只相依为命的老鼠，躲在宿舍从早嚼到晚。但是那年，柳仙儿横空出世，缠着易南要跟着他们一起去，说也想尝尝一般外地人不知道的味道。

易南自然不大想带她去，在他心里，去地安门买绿豆饼已经成为一个专属于他和文博的仪式，她去了就不对了，她去了就不灵了。但易南不想显得那么小气，便问文博要不要带柳仙儿去。

他没想到文博会撒手撒得如此爽快，只摆摆手说："那你们去吧，我就不掺和了。"说完趴在电脑前继续玩他的游戏，再没看易南一眼。

易南恍了恍神，突然觉得，绿豆饼好像也没那么好吃了。

等易南觍着脸把一袋绿豆饼放到文博桌上时，文博依然不理会他，继续盯着电脑玩游戏。易南看了一眼窗外光秃的枝丫，突然意识到，一个时代终结了。虽然终结于一袋可笑的绿豆饼，但情形就有这么严重，一个时代这么严重。

易南站在文博旁边，盯着他头顶上的旋儿一动不动，一时不知道该不该离开。文博眉头一皱，一把将桌上那袋绿豆饼扇开，袋子擦过易南的手臂落在地上，撒成一地饼渣。接着，文博从嘴角里撇出一个字：

"滚。"

易南一愣，眼眶里瞬时汪满了眼泪。他慢慢背过身蹲在地上，把破碎的绿豆饼一块一块拾进塑料袋里。他一边捡一边把塑料袋弄得噼啪作响，好掩盖住哽咽的声音。但塑料袋的声响再大，也掩盖不住文博对着蹲在地上捡绿豆饼的易南轻轻说的那句话。

我最害怕我爸妈对我说"滚"这个字。他们骂我也好，打我也好，但是一说滚，我就会浑身发抖，眼泪忍不住就下来了。滚，应该是说给嫌弃的人听的吧。但我从来都想不到，这辈子竟然会因为一个“滚”字而感动。

我是不是变态？

文博说：“柳仙儿对你有那么重要吗？”

五

不可避免地，文博跟柳仙儿还是熟了起来，毕竟她常去办公室找易南。但文博不喜欢柳仙儿，私下里会跟易南抱怨，说她眼神贼，让易南小心点儿。因为文博，易南可能是学坏了，也可能是再不怕什么了，竟挑着眉毛问他：“你是不是吃醋了，我对你有那么重要吗？”

文博对柳仙儿的态度，柳仙儿也察觉到了。对于感觉这些事，女生总是预测得有如神谕降临般精准。她问易南，文博是不是讨厌她。易南只笑着否认，说文博是闷骚型的，当上辅导员以后爱摆架子，等再熟一些就好了。

柳仙儿快过生日了，易南给柳仙儿买礼物时顺便多买了一支钢笔，让文博送给她当生日礼物。文博一开始不肯，易南好容易才说服他。文博问易南平常喜欢干什么。易南想了会儿说：“听歌啊，你不是知道嘛。”

文博盯着他，像打台球时盯着最后那颗黑八似的，说：“你记着，我是因为你才送她礼物的。”

生日那天，文博没有送易南给他的那支笔，而是送了柳仙儿一个

iPod。柳仙儿捂着嘴惊了半天，扑到文博身上不停地说："谢谢文博哥。"文博也忍不住笑了，红着脸挠挠头。

易南说他看到这一幕竟有些难受，不是因为吃醋，也不是因为文博用iPod代替了那支笔，而是因为相拥在他眼前的这两个人，好般配啊。易南觉得自己就像他送的那本书，被远远抛在一旁，和这个场面特别不搭。

回宿舍的路上，易南问文博那支笔哪儿去了。文博一脸坏笑，说扔了。易南一愣，沉默了会儿又说，扔了也好，还是你送的东西好。文博只是坏笑，不说话。易南跟文博回到宿舍后，却发现那支笔正好端端地竖在文博桌上的笔筒里。笔筒是新买的，易南知道他以前是不用笔筒的。

"你笑什么？"文博问他。

易南仍在默默地笑，他想严肃起来，嘴巴却怎么也闭不上。他边笑边顺着书桌旁的阶梯爬上床，刚坐到床上就愣了，他的枕头旁边正摆着一个iPod，和柳仙儿那个一模一样。一瞬间，他还以为是柳仙儿还回来了。

易南举着iPod，问："这是什么？"

文博看了一眼，说："不知道。"

我好羡慕柳仙儿，好想像她一样扑过去紧紧抱住他，哪怕只有一秒，让他的呼吸在我耳边停留一秒也好。但我不敢。也许是怕他尴尬吧。但相比于他的尴尬，我更怕他会反感。他会不会对我反感，我不知道。但我知道，我们拥抱的画面并不好看，不像柳仙儿跟他那样般配，不像世人所认为的那样般配。

“谢谢了。”易南说，“干吗送一样的东西？”

文博嘴里含着一大口牙膏沫，含糊地说：“不一样的。”

“哪儿不一样？”易南反复看，“明明一模一样啊。”

文博没再搭理他，径直走进卫生间漱口。等易南终于搞清电源是哪个键，才明白他跟柳仙儿的 iPod 不一样在哪儿。

自己的已经存满了歌。

六

文博跟柳仙儿好了。

易南早就察觉出了苗头，虽然他是男生，但他对于感觉也能预测得有如神谕降临般精准。有一天文博问他：“你觉得柳仙儿是怎样的一个人？”易南笑了。他笑是因为，柳仙儿也问过同样的问题，“你觉得文博是怎样的一个人”。

真是问对人了。文博是什么样的人，我怎么会不知道。

他当然是很好的人，这世界上有无数个我，有无数个柳仙儿，却只有一个文博。但我不用告诉仙儿，文博到底好在哪儿，我知道她是明知故问。仙儿已经发现了，只不过比我晚了一些。当她兴奋地跟我讨论文博，讲述文博专门为她做的一些事时，我只能笑。

我好想告诉她：我也得到过，甚至比你更多。

七

易南说，他没用智能手机那会儿，只能用网页版的聊天工具，每次看新讯息都得刷新网页。易南跟文博分到同一间宿舍后，好久都没有用手机聊过天了。

一天晚上，躺在床上的易南在黑暗中突发奇想，给睡在对床的文博发了一个“嗨”。他听到文博咯咯笑，并收到了他的回复，“嗨”。

俩人就这样在同一片温柔的黑暗里，在同一片暧昧的寂静里无声地聊着天。文字随着电波发送到遥远的地方，又从遥远的地方传回来，两张满是笑意的脸，享受着因为年轻而做出的天涯此时。聊着聊着，易南壮起胆子，问了文博一个他从很久以前就想问的问题：

我在你心里是怎样的存在？

易南刚按下发送键就后悔了。他知道这个问题太重了，会让文博从此变了一个人那么重。但相对于后悔，他更想得到答案。随着空气里的黑暗和寂静愈加浓郁，他的心跳越来越快，呼吸也越来越急促，像是在等待刽子手举起刀时的一声“刀下留人”。

回我一个字，哪怕一个字也好，他想。

易南刷了一夜，直到手机变得烫手，功能键也快被按坏，还是没有得到一个答案。他不敢翻身看对床的文博，怕他睡着了，更怕他还醒着，就这样睁着眼睛，凝固到天明。

第二天早晨，睡得迷迷糊糊的易南只觉得脖颈上一阵再熟悉不过的热息，耳边一阵再熟悉不过的声音轻轻说道："抱歉，昨晚太困，睡着了。"等易南彻底醒过来，文博已经不在了。房间里多出的除了他脑袋里的嗡嗡声，还有文博为他买的早饭。易南像突然想起什么似的，连忙从被子里翻出手机，像按下卫星发射按钮一般郑重地按下刷新键。文博的答案刚出现，易南的手机就关机了。

易南捧着黑了屏的手机坐在床上，缓慢地扫视了一圈儿，想要记住这一刻，一个普通夏日清晨里的所有细节。那个一闪而过的答案，易南还是看到了。那个一闪而过的答案，在易南的心里留存了一生。

他说：你在我心里是唯一的存在。

八

平安夜这天，文博约易南去三里屯玩，他说和柳仙儿一起。他没想到易南会撒手撒得如此爽快，只摆摆手说："那你们去吧，我就不掺和了。"

文博伸出手指戳了戳他的腰，附在他耳旁，一脸怪笑："这话怎么听着这么耳熟呢？"易南也忍不住笑了，一把推开他。文博又凑上来揽着他的肩膀说："别闹了，咱们先去食堂垫点儿东西，我还有礼物送你呢，媳妇。"

那一刻，路人熙熙攘攘，但对易南来说，全都是半透明的。

他好久都没有叫我媳妇了。这次跟好久以前的那些次不一样，这次他不是在逗大家开心，而是对着我一个人叫的。我好想告诉他以后别这样叫了，他现在是有女朋友的人，他女朋友听到会不开心的。但我说不出口。我怕他嫌我矫情，说他只是随便一叫。但我更怕他以后真不叫了。我舍不得。

但那些话，包括那声“媳妇”，还是被偶遇的柳仙儿听到了。她先是一愣，接着板起脸说要先回宿舍化个妆。

那一愣很微弱，却逃不过易南的眼睛。他明白那个短暂的惊讶代表什么，也理解那个短暂的惊讶代表什么。那一愣背后的心里一沉，在文博和柳仙儿相处之后，他也曾体会过无数次。那是他逼迫自己练习了很久，仍学不会泰然处之的一种，只要文博在他身边就无法习惯的失落。易南当时并不知道，他很快就不用再体会这种失落了。

“你以后别叫我媳妇了。”易南看着柳仙儿的背影说。

“好啊，”文博笑着说，“老婆。”

九

易南说手机没电了，要回宿舍充电，让文博先去吃饭。文博没看出来他是咬着牙说的，也没看出来他的眼神比往常更专心，像离别前的最后一瞥。易南已经决定了，要把和文博有关的圣诞节、和文博有关的明年，以及和他有关的以后全部让给柳仙儿。也是时候了，易南想。谁知他刚要走，不知就里的文博就从兜里掏出手机，让易南顺便也帮他充一会儿。

“我去食堂给你带份饭，”文博笑着说，“一会儿去宿舍找你。”

刚充上电，文博的手机就响了，是柳仙儿发给他的短信，内容显示在锁了屏的屏幕上。易南笑了。他看了一眼窗外即将被雪覆盖的枝丫，突然意识到，这次，一个时代真的要终结了。

他从文博的笔筒里拿出那支落满灰尘的钢笔，给文博留了一张字条，说他临时有事，让他们俩好好玩。他知道，文博回来取手机的时候就能看到。他背起书包，带着电脑和文博送他的 iPod 出门了，准备去学校附近的一家麦当劳过通宵。

路上，易南走得很慢，他一边劝慰自己说应该这样做、只能这样做，一边又希望在路上碰到文博，希望文博能像很久很久以前那样，攥紧他的胳膊不让他挣脱。但一想到柳仙儿给文博发的那条短信，他又摇着头嘲笑了自己一番。

柳仙儿在短信里说：“操你妈，敢不敢不拉着易南。”

十

那天晚上，易南不敢打开手机，他怕文博给他发短信，祝他圣诞快乐，更怕文博什么也不发。易南打开电脑，开始在博客里写日志，记录着他关于文博的即将终结的故事。

他说应该为文博感到高兴才对，因为柳仙儿是好姑娘，他亲自为文博把关的姑娘，怎么会不好。他说柳仙儿是真的喜欢文博，为了文博连一个男生的醋都吃，怎么会不喜欢。他说最关键的是柳仙儿和文博非常般配，他们在一起的画面特别好看。那幅画面和他没有任何关系。正因为和他没有任何关系，才会那么好看。

正写着，麦当劳里进来了一个蓬头垢面的流浪汉，穿着一件破旧肮脏的军大衣，提溜着一根叉垃圾瓶子的铁棍。他坐在易南对面的长椅上，用一双疲惫不堪的眼睛怔怔地盯着他看。

不会是圣诞老人扮的吧？易南被自己的想法逗笑了，或者只是一个没有被圣诞节邀请的人吧，跟我一样，是一个人。想到这儿，易南打开博客设置，为自己重新取了一个博客名：一个人先生。

十一

“易南！”

听到叫声，易南抬起头，鼻子立刻一酸。

文博气喘吁吁地站在麦当劳门口，脸颊通红，双眼比往常更加明亮。他大步迈到易南跟前，端起易南点的咖啡一饮而尽，又胡乱擦了把嘴，就那么站在易南面前，一边喘着气，一边低着头俯视他，像是盯着一个背叛了他的爱人。

“为什么关机？”文博冲他吼道，声音盖过了甜腻得让人想吐的圣诞歌，在整个餐厅里回荡。店里的三两个客人和一位打着盹儿的店员同时抬起头看他，那个与圣诞节格格不入的流浪汉也醒了，愤怒地看着他俩，眼睛里布满了血丝。

“我问你为什么关机？”文博不顾左右，继续冲易南吼，音量比刚才大了一倍。易南抬起头，像那个流浪汉一样傻傻地望着他。

易南并未意识到文博会哭。

之前柳仙儿跟文博吵架，一气之下关机三天三夜，文博都没哭。而此刻，文博在哭，而且是因为他在哭。文博眼睛里汪满了眼泪，一滴，又汪满了，一滴，又汪满了，像不谙世事的小男孩，人生第一次尝到心痛的滋味。

易南没有回答，嘴角却微微扬起，像一道被暖风吹开的白帆。

文博抹了一把眼泪，拿起桌上易南的手机，开机后重重塞到易南手里，就像易南以前把章重重塞到他手中一样。手机里的二十六条未读短信，全部都是一样的字——你在哪儿？

易南笑了，当文博从包里取出一包绿豆饼摔到桌子上，冲他吼着“我他妈连地安门都去找了”时，他笑得更厉害了，虽然眼泪流得比哭的时候还要汹涌。当文博余气未消却忍不住跟着咧开嘴的时候，易南拽着文博的衣服一把将他拉进怀里，紧紧地抱住了。

这是他们这辈子的第一次相拥。

也是最后一次。

十二

节日本身没有任何意义，是人们创造出来打发时间用的。但节日也可以有很大意义，给暗涌在胸口一年时间的千千心意一个被说出口的理由。即使只是一句简单的新年快乐、情人节快乐、圣诞快乐，也请一定要告诉那个人。不论那个人在哪里、是不是和你在一起、爱不爱你，请感恩他仍存在于世。不论他让你心痛过，还是让你心疼过，即使你们现在平行无交集，也请珍惜你们活在同一个世界里的每一天。要知道，有些人即使想开口，那个人也听不到了。

易南将文博抱得那样紧，几乎将整个身体都压在了文博背上，双臂将文博的脑袋死死拢住，勒得他快要喘不过气来。那些甜腻的让人想吐的圣诞歌被周围几声锐利的尖叫划开，几乎同时，文博耳边传来一声闷响和一阵凉风，很快，一股刺鼻的金属气味就传到了他的嘴边。

文博用尽力气从易南的怀里挣脱出来，看到易南头上离太阳穴不远的一个血窟窿正往外汩汩冒血，弄得脸上和脖子上全都是。文博想要稳住他，易南的身体却已经支撑不住开始东倒西歪了，眼神也逐渐涣散了，像一棵迎风摇摆的红色圣诞树。那个被他们吵醒的流浪汉并未离开，而是站在一旁继续发怔，手里仍握着那根抡向文博却被易南挡住的铁棍。他显然不知道自己做了什么。他显然不知道这一切意味着什么。

十三

因为一场大雪的助兴，那一年的圣诞节，是北京有史以来最盛大的一个圣诞节。这个从国外舶来的节日，竟然能让这里的年轻人比过年还要开心。

人们纷纷走出家门，漫无目的地游荡在大街上，踮着脚举起手机为商场前的圣诞树拍照。他们戴着鹿角发卡和圣诞帽，有些还戴着不合时宜的假面舞会的面具，甚至还有一些捧着因为平安夜的“平”字而衍生出来的圣诞果实——苹果。没有人在意这些荒唐可笑的或许还稍带些悲哀的行为是否具有意义，只有一个人过圣诞节的人，才会在意这些是否具有意义。

易南死后，文博再也不过圣诞节了，再也不对任何人说圣诞快乐了。有不知情的学生在圣诞节跟他说圣诞快乐，他也只是微微颔首就匆匆离去。我听说他没过多久就和柳仙儿分了，也从那间辅导员宿舍里搬出去了。我还听说，他因为在办公室里对一个女学生大发雷霆而被学校开除，原因至今仍不清楚。

那个受到惊吓的女学生说她什么也没做，她只是想感谢文博之前帮过她一个忙，在地安门买了一袋绿豆饼送他。

十四

嗐，其实是我的错，我不该对她发火，她也不知道绿豆饼的事啊。但现在也已经无法挽回了，我已经被开除了，要是去学校找她道歉，人家说不定以为我想把她怎么的呢。

其实啊，要我说我也没错，任何人都没错，就是绿豆饼的错。我现在一看到绿豆饼就想吐，真的，在这一点上我挺佩服你的，你怎么就吃不吐，每吃一块都跟吃第一块一样，而且连遗言都是想吃块绿豆饼，我真服了你了，我他妈真服了你了！你他妈躺我怀里就剩一口气了，居然说想吃块绿豆饼，你是傻×不是？！你忘了那天是圣诞节了吗？你说句圣诞快乐行不行，你跟我说句圣诞快乐再死行不行，行不行啊，一个人先生！

……

算了，不为难你了，一个人先生。

一个人先生，你名儿起得还挺文艺。得，你卸任了，我他妈成一个人先生了。那我采访一下你啊，上一任的一个人先生，你当时有没有意识到，你走了我就成一个人了？我就想问问你，你当时有没有意识到？

你怎么舍得让我成为一个人先生。

这是一个人先生博客里的几段话。

一个人先生是我大学辅导员的博客名。我们系这届有两位辅导员，一位是易南，另一位是文博。一个人先生博客里的话，都是关于文博的。文博成为一个人先生，也是因为易南。自从易南去世，一个人先生再也不过圣诞节了。但他仍会在每年的平安夜，在博客里说一句那一年没有说出口的：圣诞快乐，一个人先生。

未来的日子
将永无忧伤

关几是突然意识到他姐是一个女人的。

在那之前，他一直当她是他姐，不是别人，就是他姐，一个长他六岁，从记忆初始就出现在生命里，一半时间保护他，另一半时间欺负他的人。

这并不代表关几跟他姐没有感情。实际上他对他姐的感情，有时比对他父母的还深。这是关几八岁那年得出的结论。那年所有人都忽视了他的生日，除了他姐，他姐用攒下的零用钱给他买了生日礼物，一个他想要了很久，但父母无数次拒绝给他买的变形金刚模型。

关几意识到他姐是个女人，是在他二十五岁、他姐三十一岁那年；是在他姐刚从民政局办完离婚手续，把车从车库开出没多久就停在路旁，趴在方向盘上的那一刻。那一刻，关几像是突然不认识她了，又像是突然认识她了。他从未见过他姐这样，又隐约觉得，这可能才是他姐。

他坐在她旁边，只看到她肩头耸动，却因为一车明目张胆的寂静，不敢确定她是否在哭。关几被这一车寂静挤得喘不过气来，开始四下张望，像是在寻找某个终结这一切的开关。突然，他从后视镜里看到，车后座上蜷缩着一个捆着蓝色丝带的白色礼盒，看样子像是一盒生日蛋糕。丝带勒得有些紧，显得盒子有些胖。关几看了半天，才想起今天是自己的生日。

关几从八岁开始就不怎么记得生日了，不知是否和他父母的忘记有关。实际上关几也不需要记得，因为有他姐帮他记着。每年到他生日的前几天，他姐都会问他想要什么礼物，即便是在她被她原以为绵绵无绝期的爱情背信弃义、本该理所当然忘记很多事的这一年。

关几鼻子一酸，不知该说些什么，也不知该做些什么，只本能似的举起右手，轻轻放在他姐的肩膀上——她的骨头好小。关几心里一惊，像是发现了什么天大的秘密。原来他姐也和那些他所触碰过的姑娘一样，肩胛骨很轻易地就被他的掌心全部握住，原来她们都一样。正当关几仍在为他的发现舌挢不下时，那一车寂静被一声刺痛人心的啜泣驱散了。

他姐扑进他的怀里，哭着说：“对不起啊，关几，姐把你的生日给毁了。”

这是关几头一回看到他姐为自己的事情哭。

///

二十四年来，关几只见他姐哭过两回，且都是为了别人。其中一回是为他们的母亲。母亲在关几上高三那年生了一场大病。因为全家人的隐瞒，正值高考的关几一直以为母亲住院是因为胃穿孔。待母亲痊愈后，他才知道那是一场关于肿瘤的大病，才知道他曾在手术室前安慰家人的那句“手术啦，成功率很高的”有多可怕。

关几说，他永远忘不了刚做完手术的母亲被护士从手术室里推出来的那一幕。他们所有人都站了起来，除了他姐——她几乎是跪着扑过去的，失心疯一样涕泪横流，扒着母亲的手术床撕心裂肺地叫了声“妈”。那声“妈”让在场的所有人都心头一颤，包括蠢到极致的关几。

“妈这条命是你姐捡回来的。”母亲经常这样说。

多年以后，母亲告诉了他另一件让人胆战心惊的事。她曾在接受后续治疗的那段时间想过放弃生命，曾在痛得无法忍受时抓着他姐的手哭喊：妈想死，你让妈死吧。“要不是你姐一直在旁边让妈挺住，让妈挺住，”母亲拭泪说道，“妈真想把那些管子都拔了，一了百了。”

听完母亲的叙述，关几终于弄明白了一件事。原来就在他母亲住院的那一年，家里每到晚上就出现的声音不是地下的老鼠，也不是房梁上的野猫，而是他姐躲在被子里，不想让任何人，尤其是关几听到的哭声。

三年后，他姐又哭了一次，那次是为了他关几，因为关几要退学，要离开北京。他说他“再也受不了北京了”，和他刚上高一时做出的决定正好相反。那时关几做梦都想去北京上大学，那时关几还不明白，支撑他熬过三年苦闷、对去北京十万火急的那份憧憬，和北京本身没有关系，而是和他姐有关。

///

他姐的男朋友、后来他改称姐夫的那个男人叫叶诚。叶诚跟他姐是高中同学，却是在同去北京上大学时认识的，之前几乎没说过一句话。这不能怪叶诚当年有眼无珠，只能说那时他俩时候未到。他姐在她的中学时期，似乎对讨论男生和谈恋爱这类小女生的事情不感兴趣，虽然她也是一个女生。

在那个刚刚意识到男女有别的年纪里，他姐和周围的女生表现得太不一样了。她们就像立春时公园里的树，为证明春天已经来临，迫不及待地在光秃秃的枝丫上绑满假花，因时候未到而妖艳得大煞风景；他姐则一如既往地留着港式男生短发，穿着时下流行的老板牛仔裤，用关几当年的话来说就是，“像《陀枪师姐》里的男人婆”。即便他姐这副装扮，也无法阻止她底子里呼之欲出的、将她的无心掩饰背叛得彻彻底底的漂亮。

当然，对于他姐的漂亮，关几是没有意识的。他是在翻他姐抽屉时，从满满一抽屉的情书中判断出来的。他姐对那些情书无动于衷，即使关几偷偷在那些卡纸上画满鬼脸，她也只是哈哈一笑，并不在意。

关几终于发自肺腑地意识到他姐漂亮，是在他姐上大学的某一年。对关几来说，那年暑假本应和往年一样，又快又慢，和所有暑假一起，在记忆中混成一团看不大清楚的黄色氤氲。关几却因为他姐，记住了这个普通假日里的所有细节。当关几抱着球回到家，看到坐在沙发上的他姐时，突然就愣了，挂在胸前湿透衣襟的每一滴热汗，突然就凉了。他张了张嘴，却怎么都叫不出曾喊过千万次的那一声“姐”。

他姐留起了长发，穿起了裙衫。

晚饭时，关几几乎是被母亲拽进饭厅的。在母亲一遍又一遍地催促下，他红着脸复述了一遍刚才悄悄对母亲说过的话：“比影视明星还好看。”家人都笑了，包括比影视明星还好看的他姐。“姐。”他姐一笑，关几就安心了，终于敢叫她一声“姐”了。他歪着脖子赖兮兮地说：“姐，你一笑还是我姐，傻得很。”

///

发现他姐比影视明星还好看的，不只关几一个。那年夏天来找他姐的男生很多，其中就有叶诚。叶诚几乎天天都来，有时还给关几带点儿小礼物。关几的母亲也几乎天天都来他姐卧室，将想搞恶作剧的关几拖出来。那时关几还处在对感情一知半解，只对玩闹全力以赴的年纪。在母亲和他姐掩着房门的一次私密对话中，躲在门外准备吓唬她们的关几，偷听到了比恶作剧更重要的事。

“就是他了？”他母亲问。

“对，就是他了。”他姐回答。

关几憋着笑，将房门推开一条缝，捏着鼻子说：“就是谁呀？”

屋里的光线从门缝里挤出来，将两个至亲女人的轮廓映在他眼睛里。她们的举手投足，都伴随着光线和阴影的交叠呼应。其中年长一些的女人一边招手让他进去，一边怜爱地骂他坏蛋，另一个年轻一些的女人则坐在一旁不停地笑，好像上帝刚刚告知了她，未来的日子将永无忧伤。

“关几，你不老想跟姐和叶诚哥玩吗？”他姐边笑边说，“过几天跟姐去北京吧，我和你叶诚哥天天陪你玩。”

那个暑假，关几过得很开心。对他来说，北京的一切都是新的，就连地铁二号线隧道里刮过来的风都是阳春白雪味的。因此，这个毫不自知、浑身土味的电灯泡，在北京一亮就是半个月。他喜欢黏着他姐和叶诚，用他那时说过的话就是，“你俩比我爸妈大方多啦”。他那时还不知道，只因为这两个人的“大方”，北京摇身一变，成为他考上大学的动力。他更不知道的是，在和北京相处两年，意识到北京就只是北京之后，他会毅然决然选择离开。

///

“你从小就这样，我太了解了，什么都坚持不下来，一不顺就想放弃，从来不考虑问题能不能解决、怎么解决。”她姐瞪着他说，“你话倒是说得好听，什么叫你来北京是个错误？什么叫你想去闯荡、你想要自由？你别找借口了，我还不知道你？你就是想去玩！”

这是刚准备上大三的关几告诉他姐打算退学、打算离开北京的想法时，他姐的反应。关几没想到他姐会这么生气，气得能把手中的筷子抖掉。他姐越说眼眶越红，声音也越来越大，终于，把她一岁多点儿的儿子吵醒了。

对一位母亲来说，孩子的啼哭声能让她将整个世界抛诸脑后，即使那天是世界末日。他姐又狠狠白了他一眼，扭身去里屋哄孩子睡觉了。眼眶也有些泛红的关几也跟着瞥了一眼里屋，门半掩着，他看不到他姐。

婴儿的啼哭声逐渐弱了下来，关几这才听见他姐正在唱摇篮曲，和他母亲当年哄他睡觉时唱的一模一样。等哭声彻底消失，他姐终于退了出来。她重新坐在桌子对面，像盯着宁死不屈的犯人一样盯着关几，深深地叹了一口气。

“关几，姐刚说的是气话，你别往心里去啊。姐知道你很优秀，也很有想法，这一点姐比任何人都清楚。姐现在就问你一句话，你要老老实实回答。”见关几点了点头，她继续说，“你是不是已经决定了？”

“是，决定了。”关几意识到此刻应该郑重其事，便将声音放沉了一些。

他姐又叹了一口气，说：“既然你决定了，姐也就不反对了。不过你先别高兴，姐有一个条件。”他姐见他的嘴角已经忍不住微微上翘，又说，“既然你退学是要自由，是要出去闯，你就得完全靠你自己，姐不会给你一分钱，你也不许向爸妈要，你能做到吗？能做到姐就答应你。”

关几低着头沉默了好长时间，咬了咬牙，抬起头说：“能。”

他姐一愣，眼睛立刻又红了，一滴眼泪像是终于在她脸颊上找到了路，迅速从她的右眼滑落下来。她瞪了关几好长时间，突然扬起胳膊，够着关几拍了他脑袋一下，吼道："你个臭小子，你就是想去玩。"

///

半个月后，关几办好了退学手续，离开学校，去他姐家度过北京的最后一夜。第二天早晨，关几一起来就看到他姐为他收拾行李。她几乎遗传了母亲的所有习惯，给他准备了够一个连队吃的水果零食和一箱子根本用不着的生活杂物。关几也几乎遗传了父亲的所有习惯，他一边一件件往外掏，一边皱着眉抱怨："你想累死我啊。"

因为那天他姐的车限号，关几便坚持不让他姐送，让她好好在家照顾他的外甥。他姐拗不过他，也就答应了。临走前，他姐坐在桌前，冲已经背好背包的关几招了招手，让他坐在她旁边，像父亲宣布家庭大事般神色凝重。

等关几坐下，他姐从身后掏出一个厚厚的信封，塞进关几的手里，说："这是姐给你的两万块钱，本来不该给你，该让你流浪街头试试，但谁让你是我弟呢。"见关几低着头没动，她拽过他的背包，摸索了半天，把钱塞到她认为最安全的一个口袋里，又把包重新推给关几，说："外面不比这儿，姐不在，你只能自己照顾自己，要学会独立，但有什么难处一定要跟姐说，听见没？"

关几没有说话，依然低着头，他在忙着咬紧牙关，不然就得哭出来。他想起刚来北京时，曾为每星期都能回他姐家吃饭而备感安心。

这种不用提前打招呼就能回去的地方，是所有同他一样从外地来京上学的同学羡慕不来的。想到他即将离开北京的这个家，想到他即将离开他姐，关几就快要忍不住了。

“听见没？”她姐又问了一遍。

关几抬起头，这才看到他姐早已泪流满面。她盯着他，平静地等待着他的回答，泪水接二连三、自然而然地从眼睛里涌出来，像是她没注意到，像是关几的回答有多重要似的。

“听见了。”关几扬了扬手，装出一副不耐烦的样子，说，“你也真是，咋不把钱打到我卡里，揣这么多现金多不方便啊。”

“哎呀，我没想到，”他姐终于破涕为笑了，说，“可能是跟咱妈学的吧。”

就在关上门的一刹那，关几差点又忍不住了。他用力揉着眼睛，在门外缓了很久，又在电梯里警告了自己许多次，这才勉强维持住一副平淡面色。去机场的路上，关几不断想象着未来，以便驱散离别的伤感，他甚至将飞机想象成一个终点——如果在那之前他没有落泪，那就赢了。飞机起飞前，当空姐提醒乘客们关闭所有电子设备时，关几掏出手机，看到了一条新的未读短信。短信刚点开，关几就认输了。他在飞机上哭成了狗。

“关几，挺住啊。”他姐在短信里说。

///

两年后，关几和他的家人过了一个无比开心的除夕。这两年里，即便是八月十五或春节，关几也没有回过家，他独自留在外地打工，拼命到连法定节假日也不放过。因此，在两年后的相聚里，关几攒了无数个关于他平步青云的故事，迫不及待地想告诉他的家人。为了听这些故事，跟关几两年未见的他姐，也破天荒地留在娘家过除夕。

关几一边和他姐、他的父母打着麻将守岁，一边滔滔不绝地讲述着他这两年来的经历。他姐在一旁笑着，和着，赞叹着，感慨着，好像面前这个终于长大成人的男孩，是她一手教导出来的，甚至有她教唆其退学之意。

早晨六点，预示新年首个破晓来临的爆竹声响彻城市上空，他们这才意犹未尽地离开麻将桌，拿起炮仗走出院子，走向广场，加入那些忘记悲痛、内心只有喜悦和希望的人当中。放完鞭炮，父母有说有笑地在前面走着，母亲边说边徒劳地拨开围绕在周围的烟雾和硝烟味，父亲则双手背在身后，频频点头。

他姐挽着关几的胳膊跟在后面，说："你看，他们还在聊你呢。"

关几不好意思地笑了两声，没搭腔。

"不过也是，你的成绩是有目共睹的，姐参加同学聚会时，聊得最多的也是你。"他姐仰起脸，仔仔细细地端详了关几半天，说，"谁能想到整天跟在我们屁股后面的小跟班，突然就长大了。"

"姐，够了啊。"他说，逐渐散去的烟雾没能掩饰住他绯红的脸。

他姐笑了，又紧了紧他的胳膊，好像天气特别冷似的。她嘴里不断呼出的白气混在即将散去的烟雾中，很快就消失不见了。突然，他姐问了他一个与辞旧迎新特别不相称的问题。

“关几，”她问，“姐是不是老了？”

关几一愣，扭过脸看着比他矮了半头的他姐。发现他姐比他矮是五六年前的事情，发现他姐漂亮是七八年前的事情，但发现他姐老，这样的想法他还从未有过。关几随即看了一眼前方的父母，说：“你小心他们听见啊。”

“听不见。”他姐说，也勉强笑了两声。她放慢了一些脚步，关几也不由得慢了下来。片刻后，她抬起头看了一眼越走越远的父母，说：“姐想跟你说件事，你先别告诉爸妈，你说了他们又会多想。”她的声音很轻。

“什么事？”他姐的语气和神情，让关几有种不太好的预感，他从未在她脸上见过这般愁云惨雾。他静静等待着他姐的答案，她却再不言语了。临近家门口，他姐将手轻轻落在门把手上，握紧，又松开，像是在决定要不要进去。

“说啊，姐。”关几急了，压低声音问。

他姐看了他一眼，笑了：“没事，逗你呢，瞧把你吓的。”

“你俩嘀咕啥呢，还不赶紧进来。”他母亲突然推开门，笑脸相迎。

他姐随即也凭空变出一张笑脸，掏出一个红包递给母亲，说：“商量着给您发压岁钱呢。”说完便和母亲笑成一团走了进去，只留关几一人站在门外，看着他姐的背影，为他刚刚发现的一个令他无比绝望的事实恍惚不已。

他姐好像真的不年轻了。

///

当关几知道他姐并非没事、并非逗他，距离那时已经过去一年有余了。次年春节，关几回家没有看到他姐，这是他姐离家十多年以来第一次没有回家。往年即使她去男方家过年，也会在年前年后带着大包小包回娘家探望。但这次似乎她连男方家里也没有去。

过去的这一年里，他姐很少跟他联系，似乎总有忙不完的工作要做。关几只听他母亲说过，说她在一家游戏公司做什么运营，那家公司刚在南京开分公司，她几乎每个月都要往南京至少跑一趟。对于他姐没有回家过年，关几的父母倒是态度开明，开玩笑说“两个里能回来一个就不错啦”。但关几还是隐约觉得有些不对劲儿，打电话给他姐拜年时顺便问了问，他姐也只是以“太忙”敷衍。

几个月后，就在北京的柳絮即将集体绝尘而去的时节，他姐突然给关几打了一个电话，并对关几提出了一个请求，这也是自他出生到现在二十多年以来，他姐第一次对他提出请求。

“姐能不能求你件事？”他姐说。

“你说。”关几答。一个他一辈子都还不完情的人，竟然对他说“求”，这个字眼让关几很难受，也让他莫名有些恼火。

“你最近忙不忙？”她说，“不忙来北京陪姐两天吧。”

“不忙。”关几说，“出啥事了？”

“没啥，你生日不是快到了吗，你来，姐给你过个生日。”

“姐，说实话，不然我可就不去啊。”

他姐沉默了一会儿，笑着叹了一口气，说："我跟你叶诚哥要离婚了。"

关几跟他姐在北京机场见面时，俩人都没能掩饰住各自眼里的惊讶。他姐像是见到偶像一般，捂着胸口说了句他们那个年代流行过，现在已经过气的感叹语——"哇塞"，毫不掩饰关几的转变给她带来的喜悦。

"你变化真的太大了，"她笑得合不拢嘴，"比去年还要成熟。"

见他姐这样开心，关几便决定将自己的那份惊讶藏在心里。他姐比去年还要消瘦和憔悴，尽管她面露喜色，却仍盖不住一脸苦楚。关几忍不住怀疑，时光是不是真的在北京走得更快一些，让他姐在这短短几年内老去了很多岁，让他姐在这短短几年内经历了很多坎儿。

来北京之前，关几以为他姐是想让他帮着解决些事情，以为他姐刚刚被生活那头的不安分惊醒，一时难以接受现实所给予的当头棒喝。他没想到那种分离的人都会经历的歇斯底里，早在他察觉到他姐一脸愁云惨雾之前，就已经被她姐咽下去了。关几想象不到他姐是怎样独自承担下来的。

"姐，你怎么才告诉我呢？"关几有点儿生气。

"姐不想打扰你心情，那几年对你来说很关键。"他姐边开车边说，语气淡得像是在讨论别人家的事，"再说这些都过去了，我跟你叶诚哥都已经分居一年多了，已经没事了。"

"别叫他叶诚哥了。"

"而且最重要的是小点儿挺懂事的，习惯得挺快。"他姐像是没听到他说的话似的，继续说，“我最担心的是他接受不了没有父亲。”

“你呢，你真能接受吗？”

“接受不了啊，”他姐笑着说，“接受不接受，对姐来说已经不重要了。你到姐这个年龄就知道了，大家正在过着的，都是以前接受不了的日子。”他姐沉默了会儿，又说：“姐倒是挺感谢你和爸妈的，还有小点儿。你看，你事业步入正轨了，咱爸妈和小点儿也都身体健康。一想到这些，姐心里就好受多了。”

“姐，其实你要多为自己想，实在不行就休息一段时间吧，别这么忙，把小点儿给爸妈看着，你去哪儿旅旅游，家里有啥事就交给我吧。”

他姐迅速看了他一眼，笑了。“你真的长大了。”她右手离开方向盘，伸向关几摸了摸他的脑袋，说，“姐知道你比其他孩子聪明，也有自己的想法，你就应该专心做自己想做的事情，其他的啥也不用担心，咱家有姐扛着呢。”

///

签离婚协议之前，他姐特意叮嘱关几别冲动，她说知道关几不愿再叫他叶诚哥，但还是应该尊重他，他毕竟是她的丈夫。说到丈夫两个字，他姐无意中停顿了一下。这应该是她最后一次说吧，关几想，以后就该改称前夫了。

签字当天，关几跟他姐早早来到了民政局，在离婚登记处等待叶诚的过程中，他姐的脸色越来越苍白，双手也交叉在一起不断揉搓。关几想起了多年前，他们坐在医院手术室外等待母亲的场景。

这次他没用幼稚的话安慰他姐，没说离婚有什么大不了的，他只是拉过他姐的手，紧紧地握住了。他姐也握了握他的手，嘴角弯出一丝无力的微笑。“姐没事。”她说。关几没有说话，目视前方，手依然没有放开。过了一会儿，他感觉自己的肩头一沉，他姐靠在了他的肩膀上，第一次。

关几答应了他姐不会冲动。在看到叶诚迟到了一个小时才匆忙赶来的时候没有冲动，在看到叶诚身边跟着一个年轻女人的时候没有冲动，在叶诚招呼了一声就走进离婚登记处的时候也没有冲动，但就在叶诚从他姐手中拿过那一式两份的离婚协议书，在其中一份上龙飞凤舞地签字时，关几爆发了。

“好好写！”

关几大吼一声，一拳砸到了桌子上，震得整个房间里的人都吓了一跳，房间外等待离婚的几对夫妻也争相探头观望。关几用食指在无辜的离婚协议书上戳了三下，隔着离婚协议书的桌子也响了三下，每一响都让人心惊肉跳。

“看我姐是怎么签的！”关几红着眼睛吼道。

那份离婚协议书上，他姐姓名里的每一个字都横平竖直，如同临摹字帖般工整。就在把离婚协议书递给叶诚之前，关几看到他姐是屏住呼吸，稳住颤抖的手指，一笔一画、一笔一画写下自己的名字的，每一笔都很用力，每一笔都很缓慢，像是在反抗上天逼她用一个姓名去否认过往，像是写完最后一笔，她的生命里将有一段将近十年的记忆顷刻不复存在。

叶诚没有说话，也没有抬起头看关几，他腮帮了动了动，又抬起手腕看了一眼表，终于还是在第二份离婚协议书上工整地写下了自己的名字。关几一把从他手中抽出离婚协议书，递给了他姐，搂着她的肩走出了民政局。

“谢谢你啊，关几。”他姐在推门而出时说。

///

但她还是哭了。

就在她把车从车库开出没多久便停在路旁，趴在方向盘上的那一刻。那一刻，关几终于意识到他姐不是那个叫他母亲挺住，也叫他挺住，永远让他们有所依靠，永远拖着他们往前走的他姐了；她也是一个普通的女人，会像任何女人一样脆弱，会像任何女人一样无助，会像任何女人一样，也有挺不住的时候。

他姐在他怀里渐渐平静下来之后，说：“今天多亏有你在，不然姐估计就撑不住了。你真的长大了，知道心疼姐了。”她边说边从包里掏出一张纸巾，沾了沾脸上的眼泪，又拿出一个粉饼盒，对着盖子里的小圆镜片补妆。

“姐，你什么时候开始化妆了？”

“姐平常不化妆的，嫌麻烦。”他姐说着，又仔细盯着镜子，抚了抚眼角若隐若现的鱼尾纹。突然，她“啪”的一声合上粉饼盒，转过头问关几：“姐好看吗？”

关几的眼泪哗地流下来了，他也不清楚自己在哭什么。

他一边流着眼泪，一边郑重其事地点着头，每一下都很用力，每一下都很缓慢，像是要以此证明，上天对他姐的眷顾，从这一刻就要开始了。

“特好看，”他泪流满面地说，“比影视明星还好看。”

“哭啥呀，傻小子。”他姐笑着伸出胳膊，摸了摸他的脑袋。

她一笑，关几就认出来了。

她还是他姐，还是那个笑起来傻得很的，坚信她的母亲会平安健康，坚信她的弟弟不会流浪街头，也坚信她未来的日子将永无忧伤的，他的姐姐。

告别彼岸
的少年

那时，我们还不怕相爱

WHEN WE LOVED

能把生活打趴下的男人不多，可男人们胸口都烙着两个字：不服。

要挨多少时间的打，吃多少岁月的亏，那与生俱来的、如胎记一般的两个字才会消失，这不好说。无须怀疑的是，被生活劝降是早晚的事。在我们突然意识到已经失去的那一刻，在我们突然意识到即将老去的那一刻，我们终会想起一位很久以前曾对我们微笑的长辈，终会理解那位长辈笑眯眯的眼神不是赞赏，也不是鼓励，而是在说你可以不服，但有生活替我治你。

能把生活打趴下的男人，不包括我和太广，那时我们也不信。我们和任何一个尚未懂事的男人一样，在 KTV 里扯着嗓子吼完一首《海阔天空》，唱完那句“原谅我这一生不羁放纵爱自由”，就隐约觉得自己有了当年，有了故事，甚至也有了未来。那时我们还不知道，当时能唱出眼泪，是在用坚信未来会海阔天空的那份笃定，为即将出行的自己打赏；后来再唱出眼泪，就仅是祭奠了。

我无论如何都忘不掉，多年前，太广喝醉后拽住我的衣领，伸出拇指顶着自己胸口冲我嚷的那句，“我们初中的人都得管我叫广爷”。我也无论如何都想象不到，多年后，太广会把剥得干干净净的小龙虾递给他媳妇，抬起头笑盈盈地问我：“你到底愿不愿意给我儿子当干爸？”

///

太广是我的高中同学，说话喜欢带一个铿锵的前缀：想当年。我们班是重点班，招来的都是各个初中的尖子，自负一点儿也是能理解的，但像太广这么自负的，我还是头一回见到。那时他说完自己的“想当年”之后，还会故作神秘地加一句：你可别说出去，我不想太高调。结果他的“想当年”，倒是从其他同学嘴里道出来了。我正想问他是从哪儿听来的，被另一位同学抢了台词。甚至连旁边的一位姑娘都捂着嘴惊呼道：“原来大家都知道啊。”

不过说实话，太广是挺有资格自负的。他是我在那个年纪见过的知识面最广的人。不论天文地理还是国际大局势，周易八卦还是生活小窍门，他都能琢磨出道来。但太广也知道自己的短板，他经常自嘲说自己是思想上的巨人、行动上的矮子。这话的确没错。他的特长是太能侃，他的毛病是就能侃。

慢慢地，我们侃的内容越来越庞大，能从古今中外侃到宇宙洪荒，就像两个被迫发了三个月哑誓、终从组织逃离的人。尤其是军训，军训时我们能聊一天一夜，甚至因为站军姿时侃，导致被教官罚跑圈儿时侃。当我们发现我们把牛吹得再大对方都不反感的时候，我们就莫逆了，开始聊一些世界终极问题，比如女人。

太广说，他对女人的态度秉持了贪官污吏的典型作风：只许州官放火，不许百姓点灯。说白了就是他可以出轨，他女朋友不能。这话被米可知道以后（我发誓绝对不是我说的），太广请了一个全天的病假。

实际上我们都明白，米可也明白，关于女人，太广虽然经常口出狂言，但他就是个既没贼心也没贼胆的㞞货。跟米可一起逛大街碰到美女时，太广连眼都不会斜一下。经常是米可悄悄指着问他“美女漂亮吗”，太广这才眯着眼瞅上两下，瞅完啧啧两声说“哪儿比得上你”。全世界唯一不知道太广㞞的就剩下他自己了，即使我们都明白他脸上的印子是被米可揍出来的，他仍要在我们面前嘴硬：“就她，离开我能活下去吗？”

///

米可跟太广的父亲曾是同一个军区的战友，也是同一个地方的老乡，转业后又分到了同一个单位，也就住在了同一个家属院里。因此，太广和米可是从同一段青春里长出来的青梅竹马，俩人早就管对方的父母叫爸妈了。我们问他俩从几岁开始好的，太广说不知道，好像不知不觉就在一起了。但米可的答案不一样，她说是在他俩十三岁刚上初一的时候。

那时米可收到了人生中的第一封情书，是班上的一位男同学写给她的。放学后，米可拿着情书去跟太广炫耀，没想到他无动于衷，甚至连她赌气说要答应那位男同学，太广也依旧一副嬉皮笑脸的样子。

米可问："你是不是以为我不敢？"太广一脸轻浮，说："是。"米可噙着泪转身要走，太广将手伸进桌洞里，掏出一堆各式各样的信封甩在桌子上，全部是他收到的情书。米可心里咯噔一声，却还是不忘用余光数了数，一共有六七封。她正讶异太广从何时起收到这么多情书时，太广说了一句话。米可跟太广确定关系是从这句话开始的，虽然在她心里，早就非太广不嫁了。

太广说："我这辈子除了你不会跟任何人好的，我知道你也一样。"

这是太广第一次跟米可说这样的话，他指指桌上的情书，又说："这些对我们来说跟废纸没什么区别，他们找错人了，接下来还得继续找，不停地找，甚至满世界去找。但我们跟他们不一样，我们一生下来就不用找了，我们只需要等着再长大一点儿就行了。"

///

六年后，太广和米可分手了。

他们确定在一起后的这六年里，米可跟太广分了无数次，最长的一次持续了两天，结束于太广放学后的一次等待；最短的一次持续了两秒，结束于太广扑上去的一个热吻。但这次和以往任何一次都不一样，这次是太广提的，因为一个和米可没有任何关系的理由：他高考失败了。这个理由对太广来说，比任何一次都要充足。

高考失败犹如突如其来的死刑，被推上断头台的是太广享受了十八载并引以为生的年少轻狂。

我们那里在高考成绩出来之前是要估分的，太广刚考完那天就估完了，估了五百九十多，比他的正常水准还要高二三十分，上一个中上水平的一本大学绰绰有余。谁知成绩下来，他才考了四百九十多，连一本线都不够。太广拿着成绩单的样子，将我们这群习惯了他说“想当年”的人折磨了一个暑假，考得越好的人越不敢面对他，尤其是那几个模拟考无论如何也超不过他的，比借给他钱还难受。当然，我们的难受和米可的相比不值一提。

太广决定复读后做的第一件事就是和米可分手，米可用尽了所有办法都没有让他回心转意。她问太广，不是说只要等长大一点儿就行了吗？为什么刚刚长大就要分开？太广冷笑着说了一句话。米可跟太广结束关系，也是从这句话开始的。

太广说：“你知道我为什么高考会失败吗？因为我对未来一点儿期待都没有了。你知道我为什么对未来不期待了吗？因为你。”

///

太广拽我衣领那次就在他读高四、我们几个上大一的那个寒假。那天米可没有去，太广特意嘱咐让我们不要叫她。那天我们几个兄弟围着太广，又过了一遍他的“想当年”。那天我们谁都没开他玩笑，而是像上课一般认真听着。太广已经喝蒙了，但还是感觉到了我们的异样，他讲着讲着停了下来，双手叉在胸前对我们笑。

“你们是不是在看我笑话？”他说。一个想发火的人，全世界都会帮他，亲手奉送无数理由。太广笑了两声，继续说：“这样吧，换你们讲，讲讲你们的大学，让我也羡慕羡慕。”

我听他阴阳怪气的就生气，说：“大过年的你别犯病，这里没人瞧不起你。”

太广一愣，脸一白，拍着桌子说：“我说你瞧不起我了吗？”他一把揪起我的领子冲我吼道：“想当年，我们初中的人都他妈得管我叫广爷，你他妈上个大学有什么了不起的？”

我正准备推开他，一个姑娘的声音从我们身后透了过来：“你有本事你别复读，你有本事你别上大学啊！”

我们扭过头一看，是米可。米可手里紧紧攥着一个绑着丝带的钢笔盒，眼眶里汪满的眼泪把她愤怒的神情放大了好多倍。太广一看到米可，立马把我的衣领松开了，不知所措地看着她。

米可努力压住发抖的下巴说：“你瞧瞧你现在的样子，你考不上大学就拿你哥们儿撒泼，你考不上大学就跟我分手！你又有什么了不起的，老天爷一欺负你，你就欺负我们。除了伤害在乎你的人，你还会什么？”说完，米可眼睛一眨，眼泪唰地划过脸颊滴落下来。她把手里的钢笔盒往太广身上一扔，扭过头就走了。

太广直勾勾地望着米可走掉的方向，往前踉跄了几步，我们都以为他要追过去，谁知他往下一跪，腮帮子一鼓，吐了。吐完依然不肯起来，拾起米可丢给他的钢笔盒，趴在地上小声嘀咕，我蹲他旁边拍他背的时候才听清。

“太难受了，米可，瞧不起自己太难受了。”他说。

///

一年后，太广拿着三本录取通知书，低着头走进了所谓的大学。所谓的大学是太广用来自嘲的话，就像他瞧不起复读的自己一样，同样，他也瞧不起上三本的自己。太广入校门时没让他的父母送他，嫌他的身份配不上父母的两步一回眸、三步一招手。去学校那天晚上，太广给我打了个电话，说自己是硬着头皮进去的，说自己是凤凰落架不如鸡。我劝他，说文凭也没那么重要。太广又阴阳怪气地说我考的是一本，当然说这种站着不腰疼的话了。

我正想反驳，电话那头发出了一声怪音，像一只被踩了爪子的狗发出来的。完后太广清了清嗓子，声音比刚才柔和了许多。

“不好意思啊，”他说，“我心情不太好。”

我以为他还在为三本的事耿耿于怀，正想继续劝他，他又说：“我今天看见米可了，就在他们学校马路对面。”接着，电话那头又传出来一声怪音，听了半天我才知道，那是太广在哭。“我看见她在马路对面跟我招手了，可我不敢过去，我只能装没看见，我他妈只能装没看见。”太广哭得太凶，后面说什么我就听不清楚了。末了平静下来，他用像要杀人一般恶狠狠的语气说了一句话。

“我要考研，我要一雪前耻。”

后来，我们都没有眼泪了，我们已经学会用很淡很淡的微笑，来祭奠那些付诸东流的全心全意。虽然那些微笑让人心疼，没准儿，更让人想哭。不过，说起来还是该开心一些，虽然生活这么丑，但我们微笑的样子，真的挺好看的。

d's

有时候，我独自在家，一个人练习我们其乐融融的样子。

忽然而至的勇气，来源于身边有一个比自己更害怕、更需要保护的人。

以前总认为，未来是用来逃避的。小学不开心还有初中，初中不开心还有高中，高中不开心还有大学——直至社会。步入社会之后，你就会发现，没有未来可以用来逃避了。你必须试图在这里迎合，接受，扎根，生长，即使硬着头皮，即使满目疮痍。试想这也许就是生存的意义：亲手改变现在，而不是等待未来救援。

///

有一首歌叫作《笨小孩》，但有些小孩，不论笨还是不笨，老天自始至终都不待见。我一想起太广就觉得老天不公。也努力，也爱琢磨，变着法儿在生活面前讨喜，却怎么都得不到命运的偏爱。

太广为了“一雪前耻”消失了整整三年，我们就连过年也没能见到他，包括米可。听说他在学校附近的一个城中村里租了一间短租房，他的寒暑假就是在那里度过的。

跟我担心的一样，三年后，太广考研失败了。这么说可能有点儿伤人，我从很早以前就隐约觉得，太广是考不上的，自他上大学起就这么觉得了。

我不是不相信太广的能力，而是不相信太广的心。实际上，我比任何人都希望他能考上，也比任何人都确信他考不上。因为我明白，他考研不是为了学习深造，甚至连有一个好起点，将来能找一份好工作都不是。太广就是在赌一口气，跟曾经那个说着“想当年”的自己，跟那些一夜间输掉的桀骜不驯。这种赌气带来的压力能毁掉一个人，带来的动力却微不足道。

考研失败之后的见面，太广再没有对着我乱吼，也没有吐得满地都是。他只是目光呆滞地坐在家乡的湖边，嘴唇微动，对着湖水说了句“不提了”。说完他抬起头，脸上的泪痕被月光映得亮晶晶的。

我不知道说什么好，心里连劝他放弃还是继续都没谱。我们已经在社会上混过一年了，也发现了文凭的意义。文凭就像擦屁股的纸，到处都有，但没揣在兜里就完了。这些话我不能对太广说，我怕什么他都能听成讽刺。我问他明年还准备考研吗，太广头摇得好像我在问他吃不吃屎一样。

突然，他一挺身，侧过身问："哎，你说我是不是命不好？"问完又自顾自地摇了摇头，"其实我也不是命不好，我知道我为什么考不上。"

"为什么？"我问。

太广像是琢磨出了什么天机，故意卖关子不说，只是梗着脖子冲我笑，笑容有些害羞，竟有点儿像是在示弱。他以前从未有过这种庸人的笑容。

"因为我其实挺普通的。"他笑着说。

我一愣，也跟着他沉默了。看着他温软的眼神，我心里难受得很，比四年前听他说"瞧不起自己太难受了"还要难受。之前像是站在病床边看他挣扎，现在则像是参加他的葬礼。我拼了命想安慰他的话，却什么也说不出口。我想说，他在我心里一点儿也不普通，却知道这些话对他来说毫无意义。

"对了，"太广主动打破僵局，问，"米可这几年怎么样，你们还有联系吗？"他问的时候依然看着湖水，尽力装作是临时想到的，但他就连面前的一汪湖水都骗不过。随着一阵突如其来的微风，湖面泛起的波光将他的心思映得昭然若揭。

终于问到重点了。这也是我约他出来的目的之一。

“哦，你没听说啊？她已经跟她的一个师兄好了。”我说。湖面的风更大了。但我知道这阵风根本吹不进太广心里，因为他的五脏六腑已经凝固了。我继续说着，装作没听见太广心碎的声音：“我在北京见过那个男的，对米可特别好，而且能看出来是个人才。他研究生一毕业就在北京开了家微电影工作室，一年光流水就有两百万，去年刚把米可接过去，听说还给她买了辆车。米可现在过得特别好，你放心吧。”我对着湖水一股脑把这些话说完，根本不敢扭头看太广的表情，但这些话我不得不说，且必须由我来说。

太广“噢”了一声便没再问什么，我也没什么好补充的。我们就这样沉默着在湖边坐了好久，直到太广揉了揉眼睛，说：“风太大了，咱们回去吧。”

///

太广又决定考研了。没有人感到意外，因为他是太广，大家都知道太广心有千千结，大家都知道太广指着考研来翻身。

大学生涯结束后，所有人的人生轨迹都发生了改变，只有太广还和以前一样停滞不前，就像赌场上输个精光却不肯走的人，唯有疯狂地加重筹码，祈祷命运来一次大的眷顾，为他整个人生翻盘。

但是，只有我知道太广这次考研并不是为了翻身。为此我私下跟所有哥们儿打了赌，如果他没考上，一年内过年期间所有的同学聚会都由我埋单；如果他考上了，五年内我回老家跟他们吃饭一分钱都不用掏。我之所以这么相信太广，是因为太广只告诉过我他决定再次考研的真正原因：他去北京见米可和那个男的了。

那天太广听完我说的话之后，失眠了三个晚上，第四天一大早，他买了一张硬座，连坐十六个小时的火车，义无反顾地去了北京。但他的义无反顾土崩瓦解在米可出现在餐厅的那一刻。

那一刻，太广终于意识到他把世界想得太小了，他把时间想得太慢了，他把一切都想得太简单了。不论是从气质上，还是从穿着上，甚至从眼神上，米可都已经跟他不是一个世界的人了。他们十八年的朝夕相处，在来时的火车上还历历在目，现已恍如隔世了。

“你男朋友怎么没来？”太广讪笑着问。

“服务员，帮我来杯水，渴死了。”米可像没听见似的，一边放包一边对服务员说。她坐下后又用手给自己扇了会儿凉风，才像是刚看见对面的太广，说：“等久了吧，我男人晚上要跟客户商讨提案，让我好好请你吃一顿赔罪。”

“没关系，我请你。”太广听到“我男人”三个字心里疼了一下，却依然保持着镇定。

米可一愣，笑了。那个笑剥夺了太广作为一个男人的全部尊严，就如母亲听到小儿子说“我来保护你一辈子”时的笑，为保全一个男生的不实际而故意隐瞒真相的笑。这个笑让太广立刻明白，这顿饭真不是说请就能请得起的。

太广准备了许多怀念过去的话，那晚却一句都没有说出口，他知道在这样的情境下，无论他用什么方式怀念都像是在谄媚，像求儿时好友办事的人，功利地诉说着当年光着屁股的那段岁月。他们就这样吃了一顿以饭桌上的食物为主题的饭，那是他用来和米可搭话唯一可用的理由了。

米可开车送太广回旅馆的过程中，除了太广的一句“北京真堵啊，还是咱们小城市好”之外便一路无话了。临了，太广站在车外，终于问出了他非要不远千里来到北京，当着米可的面问的一个问题。

“如果我也混出来了，你会重新选择我吗？”他问。

米可又露出那种充满慈爱的笑容，像是母亲听见她五岁的儿子说未来想当科学家。她低下头给车熄了火，盯着太广说了一段话，那段话终于将太广胸口的不服二字抹掉了。

“太广，”米可说，“十年前你说我们不需要找，只需要等着长大就行了。可现在我们长大了，也该知道那句话有多傻了。我们分开快四年了，四年时间放在以前很长，睡几百个觉还是会哭湿枕头，放在现在就很短了，睡几个男人也就过去了。其实时间还是那么长，只是你我变得快了，从爱你一辈子，到再不想见到你，也就坐凯迪拉克上吹会儿风的时间。你问我会不会重新选择你，我为什么要重新选择你？我跟你一起长大的那十八年，对我来说已经变成情怀了，是我吃饱喝足之后想起来笑一笑用的。你让我重新选择你，让我牺牲我的温饱去换一段情怀，这跟让我陪你去死有什么区别？”

米可的车从视线里消失了很久，太广还站在旅馆前，没有力气挪动半步。他捏了捏口袋里那片被体温暖热的避孕套，终于理解了什么叫作废物。

///

三年后，太广回国了，以一个德国 EBS 商学院研究生的身份，到一家跨国公司的北京分公司当顾问。所有人都感慨风水轮流转，说太广转运了。只有我知道这跟运气扯不上任何关系，真正的原因是，太广亲手杀死了那个说着“想当年”的自己。

太广说，他不如意的那几年，觉得生活真他妈的操蛋，像一帮摸不清脾气的混混儿，谁认输打谁，谁反抗也打谁。后来才发现，生活远没他想象的那般蛮不讲理，蛮不讲理的是他，他以为的认输是被抓住时的哭闹，他以为的反抗是跑远后的讥嘲。生活没把他这样的贱人打残，已经算手下留情了。

“其实我最应该感谢米可。”几杯酒下肚后，太广说。我没搭腔。我知道他心里过不去米可这个坎儿，他来北京不会只为请我吃饭。果然，太广问：“米可这几年怎么样，你来北京后见过她吗？”

“见过一次。”我照实说。

“她还和她男人在一起吗？”

我没说话。

“分了？”太广问，眼里突然闪出了光。

见我没说话，太广眼里的光又消失了，沉默了会儿，说：“我想去看看她。”

“你确定吗，你觉得她见了你能开心吗？”

太广也不说话了。他沉默了很长一会儿，又问：“你知道她家在哪儿不？”

我想骗他说不知道，却说不出口。

“你去找她，我就站在一边，不让她看见我可以吗？”太广见我没反应，语气软了，“我太广从来不求人，今天……”

“闭嘴吧，”我说，“我带你去。”

下车前，我瞥见太广深吸了一口气，我知道他在做心理准备，为了不被他们的生活水平再次打击到。下车后，太广还是愣住了，像个来城里投奔亲戚的人，仰着脑袋把眼前的酒店式公寓丈量了好几遍。

他讪讪地笑了两声，说：“比我想象的还要好。”

我没说话，自顾自走进大门，一位门童帮我们推开门，微微朝我和身后的太广鞠了一躬，太广也怯生生地冲他点了点头。我带着太广穿过酒店公寓的大堂，来到了电梯间。太广想按电梯，被我拦住了。我带着他继续往后走，又从酒店公寓的后门出去，走进一条胡同。

太广感觉到不对劲儿了，跟在我身后问：“什么情况？”

“抄近道。”我边走边说。

“她不住那里吗？”太广问。

我没有回答。

再往前走了一阵，我在小道的出口处停了下来，说：“到了。”

太广从我身后走出来，看到一个和酒店式公寓完全沾不上边的城中村，二者相隔不到一百米，景象却大相径庭。这个城中村不是那种文化保护的北京老胡同，而是那种连住在这里的居民都盼着拆迁分闲钱的破巷子。

巷子里没有路灯，我打开手机摄像头的闪光灯，带着太广走到一间被两间房子夹在中间的小偏房，若是搁在上海就该被叫成用人房了。“这里。”我指着偏房的窗户低声说。窗户的窗帘没有拉开，从里面透出来一些微弱的灯光。

“什么情况？”太广还是没回过神来，盯着窗户小声呢喃。

突然，窗帘被人从里面拉开了。我跟太广做贼似的急忙贴在墙壁上。一双胳膊随着打开的窗户探出来又收了回去。接着，屋里传出了欻啦一声炒菜的声音。我指了指那扇窗户，示意刚才开窗的就是米可。

太广的表情就像医生通知他得了绝症一般。

“什么时候？”太广回过神来问，语气像是在问他还能活多久。

“我来北京之前就在这儿了，好像有几年了。”

“不可能。我上次来见她还不到……”

“那时候她就住这儿。”我说。

“不可能。”太广不断重复着不可能，过了一会儿，又像想起某个治疗绝症的偏方似的抬起头问，“那她男朋友呢，她男朋友怎么忍心让她住这儿？”

我盯着太广看了一阵，深吸了一口气，说：“你啊，你欠她太多了。”见太广还没明白，我把他拉到一边，把这几年发生的事全部告诉了太广：

“三年前，你第一次考研失败，米可就找到我，说知道你考不上，说从小就了解你。你玩游戏从来不能输，一输就慌了，就连输好几把，连输好几把就永远不玩了。考试也是，只要一次没考好就次次都考不好，就再不学那门课了，就算被父母打、被老师骂也不学，学也是做个样子不下功夫。米可说只有一个办法能治你，这个办法就是她。只要她吓唬你说再不理你，不出两天你就乖乖听话了。”

太广听到这儿，突然捂紧自己的嘴，一屁股蹲在了地上，瞪圆的眼睛里冒出大颗大颗的眼泪。我知道他已经明白了，却还是像没看见一样继续讲：

“米可说游戏也好考试也好，输就输了，大不了再来，但生活不一样，不能重来那么多次。我在湖边跟你说的那些话是她编的，让我一定要找机会说给你听。但她没想到你不像小时候那么好骗了，没料到你会去北京找她。她找不到人临时演她的男朋友，只好硬着头皮去见你了。除了她口中的男朋友，她那天开的车、提的包、戴的表、穿的衣服和鞋也都不是她的，是她临时找周围的人凑的，有些凑不到的只好花钱去租。那晚她在车上跟你说的话也是假的，回去的路上因为哭得太厉害，她只好停在路边趴在方向盘上哭，结果她停到了一个坡上，哭的时候又忘了拉手刹，车滑下去撞了一辆宝马，赔了她将近一年的生活费。这些都是我到北京之后才知道的。”

等我说完，才发现太广像玩捉迷藏数数的小孩一样趴在墙上，像刚撒完尿的狗一样抽搐了几下。还好炒菜的声音不小，太广哭的声音才没有被发现。他边哭边从嘴角挤出几个字：“你怎么是个傻 × 呢，米可，你图啥呢？”

我也靠到了墙上，看着从窗户里飘出来又冉冉升至夜空的油烟，轻声说："这话我也问过她，我问她图什么。她说不图什么，就图你好。我也问过她，万一你跟别人好了怎么办。她说她也想过，说你要跟别人好了，她就不等了，但只要你没跟别人好，她就还在。她说除了你，她不会跟任何人好的，还说你俩和别人不一样，可以像别人一样有问题，但不能像别人一样没结果，别人出了问题可以分开，可以再找，你俩只需要等再长大一点儿就行了。"

///

生活对付世人的作风一贯是先兵后礼，对男人尤其如此。我跟太广和任何一个男人一样，都是曾痴迷过彼岸的少年，曾愿为扬帆出航付出一切代价。那时的我们还不知道，最勇敢的永远不是惊涛骇浪中的那一个，而是为了一些放不下的人和事，跟彼岸挥手告别的那个。谁又能料到如今牵着手笑谈家长里短的我们，竟是曾挥舞着胳膊怒唱《海阔天空》的那一群人。这是生活给予的枣，只有被扇过耳光的人才能尝到。

我至今仍忘不掉他俩那晚见面的样子，那是我这辈子见过的最动人的一幕。米可打开门，先是愣了好长时间，手里的锅铲被她紧紧握在手里一动不动，印着小动物图案的围裙下摆已经开始晃荡了。

接着，米可哭了。

我从来没有见过一个女生会这样不顾一切、不遮不掩地哭，像一个才出生的婴儿遇到了他赖以为生的空气。太广站在她的对面，哭得比她还大声。他没有走上前去抱住她，也没有牵起她的手，两个人就这样面对面哭了好久，像一对前世发过哑誓的恋人，在用他们的方式怀念着上辈子。哭到最后，太广扑通一声跪下了，仰着脸对米可喊了一句话。

“跟我结婚吧，米可。”他哭喊道，“我已经长大了。”

半年后，我随太广和米可去簋街吃小龙虾时，米可像是第一次来北京，一路上在前面蹦蹦跳跳，对着簋街的霓虹招牌东指西指。太广则双手插兜，就这么跟在她身后走着。米可不时转过脸的笑容被头顶的大红灯笼映得绯红。两人既像一对热恋的年轻人，又像一对处了半辈子的老夫妻。不过这并不奇怪，那一年我们二十五岁，而太广跟米可也已经在一起二十五年了。

一个男人真正的哭
是特别难听的

养过猫的人都知道，虽然都是猫，但猫的性格有很大差异。

我朋友何夕就养了两只猫。一只名叫南瓜，是只一岁的美短；一只名叫三毛，是只不知道几岁的暹罗。南瓜和三毛就性格迥异。南瓜黏何夕，白天趴在他大腿上不下来，晚上睡在他被窝里轻轻呼。三毛跟何夕不亲，经常在窗前思考人生，精神了就坐着思考，困了就趴着思考。我们都说何夕喜欢嫩的，何夕不同意，一边抚摸着腿上的南瓜，一边对坐在远处的三毛说："三毛，我没有偏南瓜啊，别听他们瞎说。"三毛头也不回，继续盯着窗外。

实际上我们没说错，何夕就是喜欢嫩的。他虽已过而立之年，却经常在群里发年轻小姑娘的照片问我们怎么样。那些姑娘至少小他十岁，长得都一个模子，眼大睫长，肤嫩嘴嘟，至于貌美与否不敢乱说，何夕没让我们验过货，我们也不知道拎起来能抖落几斤粉。

何夕管这些小姑娘叫萝莉，我们问他为什么喜欢萝莉，他说，萝莉单纯啊，谁不喜欢。可我们私底下都认为，他只是到了年纪想当爹。

何夕每逢出差就把南瓜和三毛寄养到我家里。他出差越来越频繁，我跟两个小家伙也就越来越熟悉。可能是因为早些年喜欢女作家三毛的缘故，我反倒对三毛更宠爱一些。三毛在我家跟在何夕家没什么区别，有时候看着她独自望向窗外的背影，我甚至忍不住想问：你是在想念荷西吗？南瓜不一样，在我家一反常态，只要接近她就举起爪子。大多数时间里，南瓜喜欢在各个房间里来回穿梭，像是在找什么东西。兴许是找何夕吧，也算念主。

何夕最长的一次出差持续了将近一个月，回来看南瓜和三毛的时候，副驾上多了一个姑娘，外貌完全符合他所谓的萝莉。从后排座位被压瘪的程度就能看出，此二人关系严重不正当。何夕却一脸认真地告诉我们，他是认真的。

姑娘名叫婉婉，在北京上大学，刚上大二，放假回南京被出差的何夕捡到了。何夕说，什么叫缘分，这就叫缘分。我们都纳闷何夕何德何能，问他这姑娘是不是用机票累积的公里数换来的。何夕浮夸地伸出食指朝下一指，说："就凭这儿。"看来他真是认真的。因为他以前没这么——怎么说——没这么年轻过。我们都认为跟天青姐在一起的何夕才是何夕，忠厚老实，又老又实。但那样的何夕，半年前就不见了。

///

半年前，何夕跟天青姐提了分手。分手的原因很烂，也很真，只有简简单单的四个字——没意思了。听说天青姐一滴眼泪都没流，站在他面前怔了一个小时。听说何夕最后都跪下了，哭着举起天青姐的胳膊让她打他。听说天青姐一动不动，最后把手缓缓落在他的脸上，从耳朵慢慢摸到眼睛，再从眼睛慢慢摸到嘴角，又捧着他的脸看了一会儿，轻轻说："打了。"

我曾问天青姐为什么轻易放手，毕竟这么多年了。天青姐说，这跟时间没有关系，在一起多少年，说不定分手的念头就有多少年。男人的分手总是预谋已久的，一个少则几个月、多则几年的庞大策划，不是她轻易不轻易的事，她左右不了，甚至何夕自己也左右不了。又说何夕分的不是她，不是和她在一起的人生和命运，分的是日复一日。

当一个起过誓的男人意识到，日复一日和他曾经的想象不符，当初的誓言就是对他余生所施的刑，从每天一睁眼开始，到他临睡前结束，有时甚至连他的梦也不放过，就这样连绵不绝地将他折磨下去。

我问天青姐为什么不怪何夕。天青姐说，又不是何夕的错，毕竟不知者不罪，当初他也没想到日复一日竟会如此难熬。说完，天青姐突然笑了，像是想起一件事。她笑着说："其实我宁愿他是因为有小三才跟我分手的，这样我还能有个人恨一恨。"说完，她又哭了。

///

虽然何夕骂了自己两个月猪狗不如，但最终还是选择当回了人。他开始频繁出差，公司派的任何出差任务他都会拼命争取，他说去哪儿都行，就是别让他待在北京。半年时间不到，何夕就累积了七八万航行公里。

自从婉婉出现，何夕出差次数明显减少了许多。即使出差也不再把南瓜和三毛寄放到我家里了。时间一长，我倒怪想念两个小家伙的，尤其三毛。有时看到家里剩下的半袋猫粮，会想到三毛坐在窗前思考人生的画面，也不知她和婉婉相处得怎么样。南瓜我不担心，南瓜只在何夕面前温驯，在其他人面前不是省油的灯，包括在三毛面前。有次三毛正低头喝水，南瓜匍匐到她身后，身子一弓扑过去，将她的脑袋顺势按进碗里。我没想到南瓜还有这一面，碍于不是自家的猫不好收拾，只能罚她两天不准吃妙鲜包。三毛倒跟没事人一样，趴到窗前继续想念她的荷西。

///

大概过了有一个月，某天下午，何夕突然出现在我家门口，手里提着两只猫笼，问能不能帮他照顾一段时间。我问他怎么回事，他没说话，只自顾自地蹲下打开猫笼。南瓜哧溜一下冲进了我的卧室，三毛却躲在笼子里不肯动弹。何夕小心翼翼地将她掏出来，我这才看到三毛姿势有点儿怪，先是往前走了两步，然后像喝醉了似的，一个重心不稳倒在地上。何夕拿起软垫放在窗边，然后轻轻把三毛抱到软垫上，一边捋三毛下巴一边抬起头对我说："婉婉弄的。"

何夕说，他昨天出差回来，感觉婉婉情绪有些不对。问她原因也不说，还说是他想多了。何夕便没再多想，谁知半夜醒来却听见婉婉躲在客厅里哭。他连忙跑出去看，才发现并不是婉婉在哭，而是三毛在叫。婉婉把三毛用毛巾被捂了起来，用脚踩在上面扭。

何夕吼她"你干什么"，婉婉这才真哭了，坐在地上哭得梨花带雨，说都是因为何夕欺负她，她不敢欺负何夕只能欺负猫。何夕没工夫听她说话，一边给他一位兽医朋友打电话，一边解开毛巾被，抱着三毛就往车库冲。他刚把车开到小区门口，婉婉突然从旁边扑出来，伸开双臂拦在车前。她哭喊着："你撞死我吧，反正我连一只猫都比不上。"

我顿时不想再听下去了，觉得恶心。我忍着火打断何夕，问他三毛有没有大碍。何夕说还好没伤到内脏，只是前爪扭了。他苦笑几声又问："你知道她为什么打三毛吗？"我气还没消，一挥手说："不想知道，你自家的事你管好，管不好就把三毛她们放这儿我养。"我越说越来气，又冲着他骂："什么狗屁萝莉，还单纯，这他妈叫单纯？"

何夕低头沉默了会儿，又开始为婉婉辩解，说可能是她太在乎他了。那几天他出差，婉婉在家觉得无聊便翻他的抽屉，翻出来一张照片，是何夕和天青拍的全家福。照片里何夕一手举着南瓜，一手揽着抱起三毛的天青。婉婉说，她看到他们一脸幸福就难受，觉得自己是多余的，觉得自己是小三。

何夕说婉婉情有可原，况且她已经知道错了，她昨天在车里不断道歉，还转过头跟后座上的三毛道歉。我冷笑一声说：“何夕，我们都知道你喜欢年纪小的，你觉得年纪小单纯。我今天跟你说一句话，年轻人没有单纯的，年轻人都毒，当然，你可以把这种毒叫作单纯。”

何夕连忙摆手否认，说我看问题太极端。婉婉还小不懂事，她昨晚道歉的样子特别真，不像是装的。我说：“你要觉得她是真知错了，你把三毛送过来干什么？”何夕还想解释，我又说：“你别废话了，你也不是什么好鸟，既然你跟天青姐分了，你藏她照片做什么？”何夕一愣，摇着头说：“我确实不是好鸟。”沉默片刻，又说：“我昨晚又梦见天青了。”

///

何夕说，这次的梦和之前几次都不一样。刚跟天青分手时，他经常会做一个跟天青道歉，求她原谅他，求她跟他回家的梦。他知道做这个梦是因为他于心有愧，但不知愧对什么，是伤害天青，还是仍爱着天青，还是都有。但在这次的梦里，他没有梦到跟天青道歉，而是梦到天青给他做饭吃。她不动筷，只用手撑着脑袋，笑盈盈地看着他吃，就像五年前他俩刚在一起时那样。

五年前，何夕的条件没现在这么好，吃相也没现在这么好。那时他饭量惊人，且吃得急，片刻就能把天青姐做的一桌饭菜扫荡而光。天青姐曾说最喜欢看何夕吃饭，狼吞虎咽的，感觉特别像一个家。

何夕说要不是这个梦，他都快忘了他们以前还有这么值得怀念的日子。他觉得生活有时候特别不近人情，都说此情可待成追忆，只是当时已惘然。可那些日子，只有当时惘然了，才能可待成追忆。

///

南瓜和三毛在我这儿一待就是好几个月，三毛的伤也痊愈了。其间何夕连看都没看过一次，我倒挺开心的，这样下去估计两个小家伙就归我了。不过天青姐来过好几回，常给三毛和南瓜带猫罐头和妙鲜包。

三毛明显和天青姐亲，天青姐一叫，她就跑过来跳到她的腿上。天青姐说，三毛是她跟何夕在一起没多久，何夕捡来的。刚捡来的时候，她不肯在猫砂里上厕所，他们就得像遛狗一样，每天早晚去院子里遛三毛。好在暹罗猫智商高，没几个月就学会用猫砂了。天青姐说，三毛是何夕起的名字，因为何夕跟荷西同音。何夕那时还对天青开玩笑说，他要像荷西一样爱三毛一辈子，让天青走也不能让三毛走，谁能想到玩笑竟成了真。

天青姐知道何夕和婉婉在一起。她说何夕是个好人，就是有时候想问题太慢了，对他来说，事情永远出现得比道理早。我说："是啊，其实他特爱你，也特别需要你，只不过那会儿没意识到。"天青姐让我别说这种话，她说她现在一个人过得挺好。我问："你没想过跟他复合啊？”天青姐笑了笑，没说话。我又问：“不然再找一个吧，你这么好看，人也好。”天青姐笑得更开心了，说：“我找不到啊，现在的男人都喜欢年轻的。”

我看着天青姐灿烂的笑，突然好难受。我难受不是因为何夕浑蛋，而是因为这种事并不是简单地分出对错、搞清楚谁对不起谁就完事了。对一个自始至终爱着另一个人的人来说，要看摊上的是谁，这个人能不能看破玄机，悟出真谛。有人看破仅需一秒，有人看破耗尽半生。以何夕的脑子，估计临死眼前放走马灯的时候才能悟出来，最后留下一句“噢，我懂了”当遗言。我难受是因为天青姐摊上了何夕，难受天青姐这辈子倒霉。

///

何夕再次出现在我家门口，已经是冬天了。一开门，何夕的眼镜给热气一烘，我竟一时没认出来。他太瘦了，几个月不见瘦得跟我似的。何夕有气无力地挤出一个笑容，瘫在沙发上长舒一口气，扭过头看三毛。三毛还是蹲在窗前，一如既往地思考人生。何夕叫了一声，三毛转过头来瞧了瞧，回了一个长长的哈欠。何夕问我南瓜呢，我说在屋里，等她自己出来吧。

我问何夕怎么没带婉婉来。何夕坐起身，双手交叉，顶着脑袋不说话。这时候南瓜从房间里出来了，像盯着陌生人一样看何夕，满眼警惕。何夕伸出手打了个响指说：“南瓜过来。”南瓜谨慎地走了过去，闻了闻他的手指。何夕刚俯下身要去抱她，南瓜抬起爪子就给了他一下，血印子霎时出现在何夕的手背上。我还不清楚发生了什么事，窗边的三毛一个箭步从我脚边蹿过去，咬住南瓜的后颈将她死死按在地上，嗓子里发出一阵低吼。南瓜一边惨叫一边疼得用尾巴咣咣敲地，我连忙拽开三毛，把南瓜抱在怀里。只见三毛慢慢走到捂着手仍在发愣的何夕身旁，轻轻用脸蹭了蹭他的裤腿。

我正嘀咕三毛今天怎么了，何夕就像骨架子散了似的咕咚一声跪在地上，抱起三毛号啕大哭起来，一边哭一边说："我对不起你，我对不起你啊，天青。"何夕哭得难听极了，一个男人真正的哭是特别难听的。我不知道发生了什么事，只好先把南瓜抱进卧室，防止三毛再次揍她。

///

何夕那天待到很晚，怀里一直抱着三毛，把最近几个月发生的事全跟我讲了一遍。他说，他跟婉婉已经分手了。分手的原因也很烂，也很真，也只有简单的四个字——受不了了。

婉婉不管什么事都会闹情绪，小到他上班收衣服只收了那天要穿的，没有顺便把她的衣服收了，大到他下飞机先去托运处取了行李，没有立马开机给她打电话。我说，这也叫大？何夕说，这对她来说已经很严重了。他除了工作，剩下的时间全放在哄她开心上了。

他说他是真累了，他说日子不是这样过的。

何夕说，只有一次，婉婉只有一次让他欣慰过，他还给搞砸了。他们就是因为这件事分手的。那天夜里，何夕从天津出差回来，快开到北京的时候已经凌晨两点了，婉婉还没睡，给他打电话聊天。

婉婉在电话里问他："你猜我现在在做什么？"他听见锅碗瓢盆的声音，问她是不是在洗碗。婉婉说："傻瓜，我想给你做顿夜宵，感不感动？"何夕说，他当时特想哭，他真是挺感动，不仅感动她终于学会关心人了，还感动他们的日子终于往好的方向发展了，而且还有一种似曾相识的感觉。

何夕当时已经到车库门口了，他忍着鼻酸，一边摇下车窗伸手刷卡，一边对着耳机脱口而出："谢谢你啊，天青。"

我倒吸了一口冷气，为了继续听，活生生把憋在嘴里的十万句"大傻 ×"咽回去了。何夕说，他说完就愣了，接着汗就下来了。当时他只听见两声尖叫，一声是从电话里传出来的，一声是从小区上空飘下来的，然后是噼里啪啦摔盘子的声音。等他跑上楼推开门，婉婉已经做好了扔菜刀的姿势。

何夕说，他知道婉婉这次是来真的，以前把菜刀架在自己的脖子上只是为了吓唬他，现在是真要砍他了。还好何夕反应及时，瞬间把门关上了，只听门背后"咚"的一声巨响，然后是菜刀掉在地上的声音。

"后来呢？"我问。何夕说，后来就是他不停在屋外锁门，婉婉不停在屋里开门。他说，他按照距离和时间算了一下，他要是不跟她僵持着，只有两种可能，一种是死在他们那一层电梯口，一种是死在一层的楼梯口。他们一开一锁闹了十多分钟，只听见门那边传来"乒"的一声，婉婉的钥匙被她拧断了。何夕苦笑着说，他这条命是楼下配锁的王师傅给的，多亏他给婉婉配钥匙用的是劣质钢。

///

其实我挺不情愿何夕跟婉婉分手的。一个原因是，我不希望何夕把南瓜和三毛接走。另一个原因是，我觉得何夕这种浑蛋不该这么好运，他应该再被婉婉折磨一段时间。

婉婉这样的姑娘，心地应该不坏，心地坏的人都发蔫儿。婉婉就像何夕说的，单纯。但单纯在我看来，其实是一种毒。我上高中那会儿，化学老师曾说，人就像有毒的无机化合物，普遍来说，构成越简单的毒性越强。这种毒不是置人于死地的毒，而是两败俱伤、玉石俱焚的毒。心狠手辣、歇斯底里的人大都出于单纯，构成越简单，活性越大，因为没有后顾之忧而没有底线。那些胸有城府的相对不毒，因为能看明白相互牵制，能推出正确因果，做事反而知道留有余地。人从小到大，从单纯变到世故，我不认为是一件坏事，不得所愿而自知，尝遍辛苦而自制，这就是一个去毒的过程。

///

来年开春，我去何夕家探望三毛和南瓜的时候，何夕已经基本上恢复了人形，但眼神仍透着疲惫。虽然家政阿姨把他的屋子收拾得还算整洁，家里却始终没什么生活气息。

“家里有没有女人，一进屋就知道了。”何夕一边帮南瓜顺毛一边笑着说。我讽刺他说：“怎么，婉婉以前还做家务？”何夕一愣，笑了，说他说的是天青。我走到窗前，坐在三毛旁边，一边帮三毛挠下巴一边问他，有没有考虑跟天青姐复合。何夕盯着天花板，沉默了好长一段时间，告诉了我之后发生的事情。

跟婉婉分手后，何夕第一时间就是去找天青道歉。天青倒也没不见他，去了还给他做饭什么的，告诉他一个人的时候怎样照顾自己，和跟他在一起的时候没有区别。当他终于敢问出口，问天青是否还爱他、是否肯跟他复合的时候，天青姐笑着说："你还是那么单纯。"

天青姐对何夕说，她承认还爱着他，一直爱着，但就是因为爱才不能跟他复合。何夕问她为什么。她说，无所谓的东西修修补补还能用，但珍贵的、一生只此的，裂了道缝都跟以前不一样了。天青还说，他要是也还爱她的话，就不应该去找她。何夕听着这话，眼泪都快把眼前那碗米饭下成汤泡饭了。他问她那应该怎么办。天青说，应该懂事，应该学会对下一个好，应该在偶尔还能想起她的时候，心平气和地笑。

天青姐说何夕太单纯的时候，何夕一开始没明白，后来想到我对单纯的定义，这才反应过来，原来他也有毒，因为他的幼稚和任性，把一个深爱他的人毒得这么深。那是他最后一次去见天青姐，他唯一能做的就是不再打扰她，不再污染她的世界，把她当成未来去追忆的当时惘然。

何夕离开之前，最后问了天青姐一个问题。他问她能不能原谅他。天青笑着说能，但是她有个条件。何夕红着眼眶问我："你知道天青提了一个什么条件吗？"我摇摇头说不知道。何夕郑重其事地坐端正了，深吸一口气，用一种像是下定决心赴死一般的神情对我说，天青让他狼吞虎咽一次给她看，天青说她想再看一次他狼吞虎咽的样子。

说完，他哭了，哭得特别难听。

我说过，一个男人真正的哭是特别难听的。

可惜你是
白羊座

前段时间和邵舶、田媛去潭柘寺还愿，看到一拨人在丢铜钱。几个直径足有手臂长的特制铜钱挂在空中，被绳子隔出至少五米远。人们像玩套圈儿似的围在绳外，争相把手里的小铜钱丢进大铜钱的孔里。每个大铜钱上刻的字都不一样，有的是一生平安，有的是财源广进，最小最难投中的那个是万事如意。

一位母亲准备买小铜钱，身旁的小姑娘拦住了她，说："妈妈别傻了，这些都是骗人的。"瞬间，我想起了塔塔，并感到一阵羞愧。我也曾像这位小姑娘一样，对塔塔说过类似的话：别傻了，星座都是骗人的。

那时我是个愤世嫉俗、自诩无神论者的愣头青。我趾高气扬地接受很多人信星座，也宽宏大量地认为信星座没什么（那时我对爱情、中医和外星人通通不信）。我还记得我对塔塔说过一番当时的我自认为绝顶聪明的话：你可以信你的，我可以不信我的。只要我们各自舒服就挺好，往小了说是娱乐和消遣，往大了说是信仰和人权，谁也别劝谁，这就叫高等文明。

当时我并没有想到，多年后我会找塔塔帮我算星盘，当我疯狂地爱上了一个根本捉摸不透的人并无计可施的时候。当然，那段感情最终没有结果，最终我也走了出来。这就是我看到那位劝母亲不要上当受骗的小姑娘时，突然感到一阵羞愧的原因。

没错，小朋友，你说得对。你或许很聪明，这些也有可能都是骗人的。可你还不明白，在大人的世界里，有很多问题是无解的，是绝望的，是需要一个动人的解释的，是需要一个热切的盼望的。因为在大人的世界里，知道一些事情的真相，除了徒增烦恼和忧愁，一点儿用处都没有。

///

塔塔几乎把生活里所有大小事的处决权都交给星座，大到该不该跳槽、能不能分手，小到下不下厨房、上不上厕所。她说认识马丁没几天就表白，也是星座帮她决定的。塔塔是白羊座，而马丁是狮子座，“白羊是无法抵御狮子的”。

其实在我们看来，就算马丁不是狮子座，塔塔也照样沦陷。因为马丁会画画，而且非常帅。有句老话说得好，画画的男生异性缘都不会太差，何况马丁是个巨帅的会画画的。

现如今有优势的人几乎不可能不发现自己的优势，那些说着欣赏对方“美好而不自知”的姑娘可以休息一下了，所有男生的“不自知”都是装的。即便他是真傻，即便你不曾提及，也挡不住其他姑娘通过各种方式告诉他。在收到几封情书、被几个人表白之后，他就爱上自己了，爱到恨不能给每根体毛起名字的地步。一旦爱上自己，男生就想着要为自己负责了，就不会被冲昏头脑了。所以即使是塔塔这样的美女，顶多也只能让他赏心悦目，不能让他为爱痴狂，像未成形的男孩那样，迫不及待地许一个后半生出去。

马丁非常礼貌地拒绝了塔塔，理由是他刚和前任分手不久，还没有真正走出来。塔塔也不是没人追的姑娘，也经历过好几茬感情，对于被拒绝表现得非常大方。她用近乎随意的态度表示，如果他想明白了，又碰巧她是单身，可以考虑考虑。马丁非常认真地点着头说：“一定。”

一个月后，马丁和塔塔成了室友。不是因为他想明白了，而是因为他要找房子，而塔塔告诉他她那里正好空着一间。塔塔在群里说的时候，我们都认为她疯了。尤其田媛，骂的语气像是刚得知她怀上了马丁的孩子。田媛说：“跟一个不能在一起的人低头不见抬头见，你不难受，我们看着都难受。”塔塔听完这话比田媛还气，她说：“我已经过劲儿了，说一百遍了，我俩现在是普通朋友。我金星落在双子，金星是管感情的，金星双子控制不了感情吗？而且我算过，跟一个狮子座住一起对我事业有帮助，我们的合盘……”

///

出乎我们意料的是，塔塔算对了，马丁搬到她家两个星期后，她就升职了。更让我们没有意料到的是，她竟然不请我们吃饭。塔塔升职当天只约了马丁一人庆祝，还在微博上让马丁“早点儿回家”，照片上的她系着围裙，身后是一大堆刚洗好的肉和菜，俨然一副人妻模样。田媛看到照片，突然明白塔塔的用意了。她在群里发了四个字——事在人为，配以奸笑的表情。

我对此不以为意，只对没蹭上饭难以释怀。不过如果塔塔是为了给自己创造机会，我反倒佩服她。现在是小伙少姑娘多的时代，更有一群小伙把心思放在另一群小伙身上，可供姑娘选择的就更少了，谁办法不多谁傻，谁无动于衷谁该。但我对塔塔的佩服只持续了一晚。第二天早晨，塔塔就承认她疯了，因为昨天马丁一夜未归。昨晚，塔塔刚做好饭，就收到马丁说他晚点儿回去让她先吃的短信。塔塔没吃也没回复，等到凌晨两点实在撑不住就睡了。

邵舶在群里问塔塔为什么不打电话问问。话一出口就被田媛顶回去了，说怎么能打电话，短信都不能发，不然就显得太在乎了。接着，田媛问塔塔有没有收拾那顿饭。塔塔说没有，她现在不敢出卧室，不知道马丁回没回、看没看见那顿饭。邵舶问看见了又有什么。话一出口又被田媛顶回去了，说他看见就知道那顿饭是专门给他做的了，就显得太在乎了！

接下来的事情，塔塔直到晚上才更新给我们。她被田媛劝出去收拾那顿饭时，回头一瞥，几近绝望。马丁昨天穿的鞋已经在门口了。塔塔刚要诉苦，却看到令她终于能忘记那顿饭的一幕：马丁的鞋子下面，压着一双她没见过的女鞋。她还没想明白是怎么回事（毕竟是白羊座），马丁卧室门的嘎吱一声，帮她理清了头绪。一个披了件男士白衬衣的姑娘光着脚走了出来。

姑娘朝塔塔一笑，问："你是他室友吧？"没等塔塔回答，又问，"有没有干净的杯子？他想喝水。"

塔塔看了一眼她把白衬衫顶得老高的胸部，不由得也挺起了胸脯，笑容比她还要灿烂："我帮你拿，对了，你穿的是马丁的衣服吧？"姑娘点了点头，正准备接过杯子，塔塔又把手收回去了，"我帮你接。"她接好了水却没打算给她，像拿着红酒杯似的晃了两下，"你是他女朋友吗？"

姑娘侧过脑袋，饶有兴致地看着她，说："不是。"

塔塔笑了，终于把杯子给了她："难怪他没提起过。"

姑娘一愣，也笑着接过杯子："对，只是炮友。"又好姐妹似的挽起塔塔的胳膊，一边往客厅走一边附在她耳旁说，"真的特爽，难怪你要当他室友。"

塔塔脑袋嗡一下炸了，正想问她什么意思，姑娘抽手就回马丁卧室了。客厅里只剩下塔塔和昨晚那桌一口没动的饭。突然，卧室里传来马丁一阵没忍住的笑。接着是姑娘的声音："小声点儿！"虽然她的声音并没有多小。卧室里安静了会儿，姑娘又出来了，看也没看塔塔，径直走进卫生间。

塔塔就着淋浴声向饭桌上瞥了一眼，觉得那桌饭也在看她，不确定它们缄默是出于嘲笑还是同情。她走过去，抄起盘子就往垃圾桶里倒。可能是饭隔夜了，她被熏得不停地掉眼泪。擦眼泪时一个没拿住，碟子掉在地上摔碎了。卫生间里的淋浴声停了几秒，又响了起来。

“你没事吧？”

塔塔一回头，看见马丁正走过来，浑身上下只穿了一条运动短裤。若是平常她估计会晕过去，现在只觉得非常恶心。

“没事，不用你管。”塔塔说着，也不知道哪儿来的力气，竟把蹲下来帮她一起收拾的马丁推倒在地。她一愣，马丁也一愣。

“怎么昨天没庆祝？”马丁打破僵局，拾起塔塔手边的垃圾桶，把剩下的碎片放进去。塔塔正想反问一个人怎么庆祝，马丁问：“你朋友也没来吗？”塔塔这才想到，她并没告诉马丁只约了他。

“他们……临时有事。”

“怎么不告诉我呢，我要知道就回来了。”

塔塔没说话。

“对不起啊。”马丁一边给垃圾袋打结一边说。

“没事的。”

“中午我来做一顿吧，给你补上。”

浴室里的声音提醒着那个姑娘的存在，塔塔的委屈一下子又上来了。“跟你炮友吃吧。”她说，“我今天还有事。”

“不行。”马丁笑着说，“我一定要赔罪，就咱俩吃，行吗？”

塔塔见他没有否认姑娘的身份，又一阵难受。突然，她像想起什么似的，笑着说：“也行，吃就吃，不过你不用赶她走，咱们一起吃。”

“你确定？”

“怎么，怕我吃醋啊？”

“屁。”马丁笑了。

“别那么自恋好吗，老娘是白羊，没那么深情，早对你过劲儿了。”

///

“你真的疯了。”所有人都在群里排队说，除了邵舶。邵舶觉得这样挺好，显得大度，没准马丁就喜欢大度的姑娘。塔塔却发了个戴墨镜的表情，说她不是大度，而是有别的目的。接着，她像爆生辰八字那样，把姑娘的星座详说了一遍。姑娘名叫馨予，金牛座，月亮天蝎，上升摩羯，水星双子，火星巨蟹……这些都是她吃饭时套出来的。她说，馨予跟马丁命格不合，说跟她倒挺合的，如果不是因为马丁，关系应该不错。一阵安静后，邵舶说连我也觉得你疯了。

可惜这一次，塔塔又算对了。她和馨予果然很合得来，馨予承认刺她是因为那句“难怪他没提起过”，还抱歉不该撂那么难听的话。她说她虽然是金牛座，但土星落射手上了，容易脑残，脑残了什么都往出说。

女人有时候就这样，说翻脸就翻脸，说结盟就结盟。自那次吃饭之后，塔塔几乎不再提马丁了。每隔几天，她的朋友圈就会爆出跟馨予的合照。女人发合照挺有趣的，几乎是谁拿手机谁脸小，永远是胳膊在前的头反而在后，一个个都是玩转透视定律的大师，完全不把骨骼构造放在眼里。

为此，最不舒服的是田媛。邵舶私下跟我诉苦说，田媛吃馨予的醋了，倒霉的反倒是他。他现在一看到塔塔跟馨予的合照就害怕，因为那天田媛会把一切不爽撒到他头上。田媛的异常我也发现了。塔塔再在群里说什么，田媛都不搭腔。直到两个月后的某一天，我们群终于恢复了团结友爱、欣欣向荣的气氛。因为前一晚，塔塔哭着跑到田媛家把馨予骂了个狗血淋头。她每骂一句，田媛就原谅她一分，骂到最后田媛也开始跟着骂，骂完她俩就好了。

事情是这样的。塔塔前一晚和马丁、馨予约好去南锣鼓巷吃饭，这次她没发合照，因为这次有外人在——一个叫厉玮的男生。饭前塔塔就有点儿不开心，马丁本坐她旁边，见馨予和厉玮来了，主动把位子让给了厉玮。馨予也不知吃错了什么药，不停地夸厉玮，并催塔塔给他算星盘。饭后马丁提议去后海喝酒，就在他带着馨予走在前面，把厉玮丢给了塔塔的时候，塔塔爆发了。她顾不上给田媛发“五分钟后给我打电话”的短信，直接跟厉玮说有事，说完扭头就走。

塔塔走得很快，加上车不好打，快走到宽街还是没空车。

“喂。”塔塔听见身后有人叫她，转过头一看，是马丁。

“你跟过来干什么？”塔塔装出一副莫明其妙的样子。

“你怎么了？”

“我没怎么啊。”塔塔继续装糊涂，“你怎么了？”

“你要回家吗？我送你。”

“我不回家啊，我朋友有急事找我。你回去玩你的吧。”

“什么朋友找你？”

“你不认识。”

“你到底怎么了？”

“没怎么。”

“没怎么为什么这样子？”

“我什么样子了，我什么样子该你关心吗？你是我男朋友吗？你应该叫厉玮来啊，你抢什么风头。”

这时，一辆黑车过来了。

“两位去哪儿啊？”师傅靠过来撑在副驾上问。

“哪儿也不去。”马丁抬了抬手。

“等等，去。”塔塔说着就要上车，马丁拽住了她的胳膊。

“塔塔，跟我回去，别叫我难堪。”

塔塔一听这话，突然感到浑身充满了力量，她的满腔怒火终于名正言顺了。像呼吸困难的人终于等来了氧气罩一般，她的双眼立刻明亮起来。她指着黑车司机说了声“别走”，转过身冲马丁吼：“别叫你难堪？别叫你难堪？我他妈难堪一晚上了，你难堪一会儿怎么了？你们当我傻 × 还是当我没人要啊？马丁，我告诉你，你也告诉馨予，下次你俩要是再敢给我介绍男朋友，你趁早给我搬出去！”说完，她甩开马丁的手，上了那辆黑车。

“师傅，去田媛家！”

“……我哪知道田媛家在哪儿啊？”

“呼家楼！”

车一开动塔塔就后悔了，后悔刚才不该跟马丁说那样的话。她希望师傅能把后视镜调一调，让她可以看清楚马丁还在不在，但一想到马丁和馨予琢磨着给她介绍男朋友的嘴脸，又扬了扬手，恨不能每人赏一个巴掌。

“姑娘啊，不是我说……”师傅语重心长。

“你闭嘴。”

“哟，这么火暴。”师傅乐了，“白羊座吧。”

///

第二天，塔塔又疯了。虽然她前一晚在田媛家哭了个通宵，并当场立誓再不为马丁难过，却还是因为第二天中午发现马丁什么都没发，“连一句对不起都没有”而又一次疯了。

疯之前，塔塔给我们普及了很多星座知识。我们不得不承认她很专业，能根据同一张的星盘，为馨予算出和之前完全相反的性格。她说馨予虽是老实的金牛座，但月亮落在天蝎上，而且太阳月亮对冲，人格很不稳定，所以她有一半天蝎的阴毒。但塔塔仍不愿相信馨予智商会这么高，“毕竟金牛是她的命格”，即使潜意识里有想法，命格也不允许她耍这样的心机。邵舶说，也有可能是马丁提议帮她找男朋友的。田媛翻了他十几个白眼，咬着牙让他别说话了。

塔塔在田媛家赖了好几天，说还不想看见马丁，但我们知道是因为马丁一直没给她一个“说法”。终于，几天后塔塔的房东给了她面子，催她交下一季的房租。她刚把短信转给马丁，马丁立刻就回复了，短信里只有一个“好”字。正当塔塔准备“提刀杀人”时，马丁又发来一条短信，塔塔一看，立刻原谅了他。

马丁在短信里说：“塔塔，回来吧，是我不对。”

塔塔把截图发到群里让我们祝贺她，祝贺这场持久战终于以我方更持久的僵持而获胜。塔塔回家后特意发了一张自拍，配了句一语双关的“好久不见”。谁知自那之后，塔塔就人间蒸发了。群里不见人影，电话不接短信不回，一个星期后，连那句“好久不见”也不见了。田嫒带着我们去截她时，门都敲不开。田嫒一怒，终于发绝招了。她借了个手机给塔塔发了条短信，说：“您好，刚才给您打电话不通，也敲不开您的门，快递就给您放门口了，请尽快收取。”

短信刚发完门就开了，蓬头垢面的塔塔站在我们面前，眼睛肿得比核桃还大，身后是一片狼藉。我们问马丁呢，她一边往卧室走一边说：“死了。”我们这才知道前几天发生了什么事。塔塔回家那晚，马丁就跟她摊牌了。和塔塔算的一样，给她介绍男朋友的事，果然不是馨予提出来的，但也不是马丁提出来的，而是厉玮自己提出来的。他在馨予朋友圈里看到塔塔的照片之后，便想让馨予帮他撮合。而塔塔拳头一握，也终于跟马丁摊牌了：

“可是，我有喜欢的人了。”

“谁啊？”

“别装了啊，大哥。”

马丁咧开嘴笑了，挑起眉毛试探着指了指自己，做出一个“我”的口型。

“还能有谁？”塔塔瞪了他一眼，也笑了。

“你别开玩笑了，你不是都过劲儿了吗？”马丁笑得合不拢嘴。

“女生的话你也信啊。”

马丁脸红了，抿着嘴唇拍拍胸脯说：“你等我缓一下。”

“你别跟我说你现在还忘不了前女友啊。”

“没忘，不是，没忘不了，都过去了。”

“马丁，我发现你这人不守信啊。”塔塔做出一个轻佻的眼神，嗔怒道。

“怎么不守信了？”

“你知道我现在是单身吧？”

“知道。”

塔塔手一拍摊在空中，意思是“这不得了”。

“什么……意思？”马丁问，一脸茫然。

“记性！”塔塔喝了一口水，拖长了音缓缓说道，“之前不跟你表过白嘛，你说你还没有走出来呢，我说那等你走出来呢，如果我正巧是单身嘞，咱们俩就试一试呗，你当时还说一定呀。你想起来了没有？”

“想起来了。”马丁又笑了。

“那你现在走出来了没？”

“走出来了。”

“那我现在是不是单身？”

“是。”

“所以说你不守信啰。”塔塔拿起手机窝在沙发里，一副不在意的样子。

“是我错了，我向你道歉。”马丁只笑，好像只知道笑。

“我要你道歉干什么。”

“那……我请你吃饭。”

“谁要你请吃饭啊！”塔塔深吸了一口气，腾的一下从沙发上坐起来，放下手机瞪着马丁，一副不敢相信的样子。

“那你想要什么，我送你，一千块以下啊，还要交房租呢。”

“谁要你买什么啊！”塔塔几乎要哭出来了。

“那你要……”

“我什么都不要，我的意思是咱俩要不要试一试！”

马丁一愣，不说话了。他一沉默，塔塔立刻就幻听了。刚才还五花八门的背景音，现在全部都不见了，整个房间只剩下她脑袋里的嗡嗡声，随着马丁的沉默越来越响。他每沉默一秒，塔塔就多难受一分。终于，她受不了了，刚要张口时，马丁说了句话。塔塔立刻两眼一黑。

“可我已经跟馨予好了。”马丁说。他低着头，像是犯了什么错。

沉默了两秒后，塔塔捂着嘴大叫了一声，说：“什么时候啊？”

马丁抬起头，看见塔塔一脸兴奋，像是刚听他爆了一件朋友的大八卦。他没有立刻回答她，而是一脸关切地盯着她。

“哎哟，老娘只是今天有点儿寂寞啦，一会儿看个 AV 就好了。”塔塔推了马丁一把，笑着说，“你俩在一起可是大事，快讲快讲，一个细节也不要错过！”

这是塔塔这辈子最痛苦的几分钟之一，她就像一个酒吧里的圆靶，马丁的每一句话都像一支神准的镖，镖镖刺在她的心上。马丁说，他是在塔塔扔下他们走掉的那天决定跟馨予在一起的。他回去后，发现馨予埋着头坐在后海的马路牙子上，厉玮则蹲在一旁抽烟。马丁走过去问馨予怎么了，她赶紧站起来擦了擦眼泪，笑着说没事。厉玮则一脸不爽，讽刺道，还不是因为他去找塔塔。马丁说就在那一刻，馨予红着眼眶让厉玮别再说了的那一刻，他觉得馨予好美，不只是外表上的那种美，他说他也说不清，可能是映着后海的霓虹吧，反正他就觉得馨予那一刻特美，是他这辈子见过的最美的女生。

塔塔说，听着马丁说那样的话，她甚至都没空在心里骂馨予绿茶婊，脑袋里只浮现林青霞演的李秋水，听着师兄说他只爱李沧海，明明心如刀割，却还要装作一脸感动。塔塔像哥们儿一般狠狠拍着马丁的肩膀说：“要不是我那天留她吃饭，你俩还没机会呢，是不是，是不是马丁？”马丁笑着点了点头，一脸幸福。塔塔又闹了一会儿让马丁请她吃饭，才告了晚安往卧室走去。与其说走，不如说跑，她要赶在眼泪流下来之前把卧室的门关上。

///

马丁从塔塔家里搬出去和馨予同居，已经是一个月以后的事了。塔塔在那一个月里的表现，堪得奥斯卡最佳表演奖。她没有在马丁和馨予面前流露出丝毫幽怨，体现出一个白羊座应有的涵养——豪爽奔放，热情似火，神经大条，头脑简单。但从马丁搬出去的那一刻起，她终于跟我们承认，还是不能接受马丁没有选择她的事实，她想不通狮子怎么会放着白羊不要去选择金牛，甚至歇斯底里到问出“我与馨予孰美”这样的问题。“当然是你美了。”我们说。我们劝她如果想不通，不如直接去问马丁原因，反正要死，不如死个明白。塔塔最终没有去问，她说她不想显得那么死乞白赖。

三个月后，我像塔塔爱上马丁那样，疯狂地喜欢上了一个人。在无计可施又日思夜想的折磨下，我终于放下面子去找塔塔帮我算星盘了。那时塔塔已经对马丁过劲儿了，我们相信她这次是真的对马丁过劲儿了，因为她再没在群里强调她对马丁已经过劲儿了。实际上，她已经和马丁、馨予彻底不联系了，在参加完马丁的生日派对之后。那天，馨予想让塔塔算算她和马丁的姻缘，正当塔塔用 iPad 输入马丁的出生年月时，馨予告诉她要往后推十几天。

“他不是今天过生日吗？”塔塔查了查日期，说，“没错啊，八月二十二。”

“不是啦。”馨予笑着挽过塔塔的胳膊，说，“马丁的生日其实是九月七号，他妈妈为了让他早一年上学，托关系把他的生日推到了九月之前。”

“那他为什么今天过？”

“他从小就是这一天过的，过习惯了也就没改过来，乌龙吧。”馨予捂着嘴笑说，“而且马丁说他喜欢当狮子座，不然的话……你懂的。”

塔塔张了张嘴，仍没缓过劲儿来。

“你还好吧？”

“所以马丁不是狮子座，是……处女座？”

“是的。”馨予说，“傻吧，我竟然跟一个处女座好了。”

“原来如此，原来如此啊。”塔塔摇了摇头，终于笑了，“那还用我算吗？他处女你金牛，绝配啊，你俩要是结婚了绝对聚财。”说着，和馨予笑成一团。

“怎么了你俩，这么开心？”马丁笑着走过来说。

“没事了，没事了。”塔塔笑着冲他说道。

她看着之前还爱得死去活来的马丁，突然就觉得，好像不那么难受了。

后记

那次塔塔在为我算星盘之前，先从占星学的角度向我介绍了星座的宏观意义。大致意思是，人们出生的那一刻，以人为中心将宇宙做横截面，人的命运就是由横截面上天体之间的连线来决定的，这个横截面就叫作星盘，她就是通过星盘来研究命运的。

那时我身上还残留了一些无神论者的余念，问了一个并不那么尊重星座的问题：假如同一家妇产医院，同一时间有两个宝宝出生，那他们的命运一样吗？

塔塔并未恼怒，显然她不是第一次遇到这种问题了。她说，星盘决定的是人的性格，性格决定的是人的行为模式。人们在一生中遇到的事情肯定是不一样的，但这并不重要，重要的是如何来解决。相对于遇到什么事，解决方式应该更能被称作命运吧。

我不得不说我差点儿就被她说服了。在我兴冲冲提出要让她帮我算星盘之前，脑袋里又有一个疑问成形了：每个星座所对应的性格，当初是谁发现的？

塔塔一笑，说：“你说到点子上了，这个问题至今没有定论，但这并不影响星座对人行为预测的准确性。你能因为人们至今不知道建造者是谁，就否认金字塔的存在吗？”

我服了，大服特服。

再见，
我的姑娘

歌单上又多了一首禁歌：《再见，我的爱人》。上一次点这首歌是在去年的六月份，我们给吴寻送行的局上。他为了一个女人要移居上海，把我跟太广丢在北京。我们俩当然也劝了，除了用兄弟情谊要挟，我们连工作室都打算不要了让给他。但吴寻只用一句话，就把我们的嘴堵上了。

他说："人活一世苦一世，但既然来了，就得活到底，这是人的本能。她也一样。既然我得知她在上海，我就得去上海。她就是我的本能。"

吴寻把本能都撂出来，我们也就不再劝了。我跟太广对他来说顶多算条件反射，条件反射在本能面前确实没有说服力。我就着无力回天的伤感，为吴寻点了一首《再见，我的爱人》。本来想点臧天朔的，唱着悲壮，但点唱机里没有，只好点了邓丽君。于是，三个大老爷们儿一边断断续续地唱着，一边假装打情骂俏。到间奏的那段独白，太广学着邓丽君深情款款的样子对吴寻说："也许，我们还会有见面的一天，不是吗？"

"是吗？"吴寻笑了。

///

吴寻口中的她叫周夏。周夏在他的生命里出现过三次。

第一次见到周夏，吴寻才五岁，刚刚告别穿开裆裤的年龄。但吴寻天生是个情种，刚遮上体羞，心思就已经不羞了。吴寻说，他对周夏是一见钟情。我们不信，别说他那会儿毛发未生，就连肚脐眼都没封，怎知人分男女、情分爱恨。但吴寻说，他真是对周夏有很强烈的感觉。当周夏的父亲牵着她的手，第一次迈进幼儿园的教室时，他就爱上她了。没错，他说爱。

在那之前，吴寻眼里的人们只分大人跟小孩，但从那一刻起，人们分成了三类：大人，小孩，还有周夏。他至今仍能记得，周夏那天穿着一身白色的蓬蓬裙，头仰得老高，额头边缘的胎毛没有一根翘起来。当她随父亲沿着过道一步步向吴寻走来时，他隐约看到周夏的白皮鞋正踩在一条红毯上。

情种一般都不是后天练出来的，后天的那叫目的不纯的人渣。而天生的情种，只能这样说，当天生的情种遇见他的意中人，整个世界就变成了他的盲区，可以无视，更可以挥一挥衣袖，炸成一片废墟。

吴寻从小就懂得如何吸引小姑娘注意了。小男孩表达爱意的方式很单纯也很愚蠢，不是炫耀就是反过来欺负对方。但吴寻跟他们不一样，他要先看对方是哪种小姑娘：沉默寡言易害羞的，跟她玩对她好就行；咋咋呼呼比男孩还疯的，却要反过来不理她；但像周夏这样好看而冷冷的，就一定不能用寻常方法了，因为她早就见识过了。吴寻自己也不清楚，为什么五岁的他会有这样的觉悟。“可能这就叫天赋吧。”他说。

///

吴寻所在的幼儿园每天中午都有午睡，俩人一床，不分男女。自从吴寻想好追周夏的方法，就不跟其他小伙伴睡了。他每天去幼儿园只为两个目的，一是用大白兔诱惑其他小姑娘跟他睡午觉，二是在周夏面前对那些小姑娘说：“今天轮到你啦。”一时，班里所有的小姑娘都抢着跟吴寻睡觉，有的为达目的还会倒贴大白兔。对此，吴寻的态度是来者不拒去者不留。最后，因为小女志愿者实在太多，他不得不跟老师要了一支蜡笔，在纸上为她们排号。

只是，纸上唯独没有周夏的名字。吴寻到底是个能沉得住气的人，即便周夏一次又一次对他的把戏无动于衷，他仍会强忍住一天又一天的失落，照常在她面前跟那些排到号的小女志愿者嬉闹。

终于，两星期之后，周夏忍不住了。在一个午餐是炸酱面的中午，周夏端起她那碗面，盖到了正在她对面嘻嘻哈哈的吴寻的脑袋上。在全班小朋友轰炸般的笑声中，吴寻看着对面不知所措的周夏，第一反应竟然不是生气，也不是委屈，而是心疼。于是，他吞了口唾沫，对走过来怒目而视的老师撒了他人生中的第一个谎：“是我自己弄的。”

///

那天中午，在午睡房外罚站的吴寻，闭着眼睛想了很多事情。他想了知了也许并不喜欢唱歌，而是不断抱怨嗓子疼；想了太阳也许不是挂在天空中的大火球，而是一个大窟窿；想了周夏也许那样做不是吃醋，而是讨厌他。吴寻想着无数个没有答案的问题，直到有人拍拍他的肩膀打断了他。他睁开橙黄色的眼皮，身体像过电一般麻了一遍。

站在他面前的正是周夏。

“你怎么来啦？”吴寻望了望四周，院子里除了他俩再无旁人。他轻轻推了一下周夏的胳膊，说：“快回去吧，被老师发现了，你也要罚站。”

“你是不是想跟我睡觉？”周夏背着双手仰着脸问，没有理会他的劝阻。

吴寻脸一红，想也没想就撒谎道：“不是。”

周夏抿着嘴沉默了一会儿，又问：“你为什么骗老师说是你弄的？”问完，往吴寻跟前跨了一步，目不转睛地盯着他鼻尖缓缓渗出的一颗颗小汗珠。

吴寻突然咧开嘴，无赖似的笑了：“我喜欢骗人。”

“不行，骗人不对，你以后不许骗人了。”

“可是，不骗人你就得罚站了。”吴寻歪着脑袋说。

周夏想了想，也歪着脑袋说：“那好吧，你以后可以骗人了。但是你不能骗我，只能骗其他人。你能做到吗？”

那一刻，吴寻突然产生了一种奇怪的感觉，像是中了一记化骨绵掌，却还想再继续挨一万掌的那种软软的悲伤。

“能。”他认真地点了点头。

周夏得意扬扬地笑了，她说：“那你说，是不是想跟我睡觉？”

“是。”

周夏又往前跨了一步，并伸长脖子，下巴几乎已贴上了吴寻的脸颊。她附在吴寻耳边说：“那好吧，我答应你了。你明天可以跟我睡觉。”

“今天行吗？”吴寻问。他悄悄闻了闻周夏的头发，是椰子味的。

“今天只剩一小会儿了。”周夏扶着吴寻的肩膀，踮起脚，回头看了一眼午睡房，又转过来说，“明天可以睡一个小时呢。睡吗？”

“睡。”

///

第二天，吴寻穿上了他“六一”晚会才肯穿戴的小西装和小领结，头发因为抹了一层水而紧紧贴在头皮上。为了使自己好闻，他还在衬衣领里撒了一层痱子粉。当吴寻走进班里的时候，全班小朋友都指着他哈哈大笑，比他头顶炸酱面时笑得还大声。老师们也忍俊不禁，争着要抱他合影。

“笑吧，你们只能笑了，而我要梦想成真了。”吴寻心想，目光如炬。

只是那天的合影，吴寻每一张的表情都不开心：他坐在老师怀里环视教室没有找到周夏。吴寻用一个上午翻遍了整所幼儿园，连后院养了三只猫的厨房和老师们专用的大茅坑都没放过，依然搜寻不到周夏的身影。

临近午饭，吴寻急了。他搬了一个小凳子，抱着碗坐在教室外，一边吃饭一边盯着院门。门每开一次，他的心就热一次，但进来的不是教职员工就是他不认识的小朋友。直到午饭结束，周夏还是没有出现。在被赶去午睡房之前，吴寻才终于想起该问老师。这一问，吴寻的世界彻底崩塌了。老师告诉他周夏是临时托管的，她家的新保姆找到了。吴寻听不懂什么叫临时托管，问：

“那她今天还来吗？”

“你关心这个干吗？”

“她答应今天要跟我睡觉。”

“你可以跟其他小朋友睡呀，都一样。”

“不一样，就得是周夏。”

“可周夏今天不会来了。”

“那明天来吗？”

“明天也不来。”

“那后天呢？”

“后天也不来，大后天也不来，永远也不来。”

“永远是星期几？”

老师叹了口气，把吴寻放到一张空着的床上，蹲下来盯着他说：“永远就是下个星期也不来，下个月也不来，以后都不来了，你再也见不到她了。”

吴寻一愣，“哇”的一声哭了。

那是吴寻幼年时期哭得最凶的一次，怎么哄都停不下来，声音像防空警报似的在幼儿园上空回荡，所有小朋友都从床上爬起来看他，连园长都赶来问发生了什么事。老师怕吴寻把声带喊坏了，捂着他的嘴不让他哭。但他就是止不住，鼻涕流下来又吸上去，眼泪顺着老师的手背滴滴答答落下来，像只被压断了腿又没有主人疼的小狗。

吴寻说，他还记得哭的时候胃好难受，比拉肚子还难受，却不知道这种难受叫什么名字。直到长大他才明白，那就是心痛，人生中太常见的一种感觉。

这是吴寻第一次感受到心痛，在他五岁的时候。

///

北京申奥成功的那一年，周夏第二次出现在吴寻的生命里。那年吴寻十五岁，上初三。这十年里，他交过五六个女朋友，短则两天，长则两个月。后来他总对我们说，年轻就要多谈感情，因为谈不谈青春都会过去。这就好比上帝给你一个亿，让你花五年，五年后剩多少还多少，谁不想花干净谁傻。

我们仨还就此问题讨论过。那段时间太广炒股，所有事情都喜欢拿资金举例，感情也不例外。他说：“花干净就什么都没有了，你要是用青春做投资，比方说投资到一个姑娘身上，将来姑娘就能变成老婆了。”

“一只好股票是无数投资人投出来的。”吴寻笑着说，“只有你一个人投，那姑娘就跌停了，除非你是被套牢了，脱不开身。”

但我总觉得这些话连吴寻自己都不信，没有人不想跟心爱的人白头偕老。上帝给你一个爱人，谁不想爱到死谁傻。

///

吴寻是在一次运动会上遇见周夏的。他们市为遥祝一千公里之外的北京申奥成功，举行了第一届，也是唯一的一届十校联盟运动会。这是他们市体育场观众最多的一场比赛，毕竟学生群体最大的功能就是填满座位。

那天，吴寻莫名预感到有事发生。以前他从未在运动场上紧张过，可那天比赛还未进行，仅在入场仪式上吴寻就不行了。人虽然跟随队伍缓慢走在跑道上，心却像刚跑完比赛一样无法平静。一开始他归咎于市领导前来观摩，直到他无意中转过身才寻得原因。

他身后的下一支校队，领头举校旗的正是周夏。

吴寻说，那个时候他就意识到，原来上帝真的存在。太广问他周夏长残了没，吴寻瞪了他一眼，反问哪个学校肯让长残的姑娘扛旗。我又问他，隔了十年，又隔着几丈远，怎么确定是周夏？吴寻笑称他也不明白，没准是上帝告诉他的：周夏依旧身着白裙，头依旧仰得老高，她脚下的跑道化为百米红毯，她身后的选手化为超龄花童，跟十年前给他的感觉一模一样。

和十年前不一样的是，这一次吴寻没有迎接她的到来，而是跟着自己的校队不断倒退，俩人之间隔着一段不远不近、无增无减的距离。如果我们的人生就像这样，该有多可惜，他想。那一刻，吴寻有些难受，好像整个人被狠狠裹上几层塑料膜，和整个世界近在咫尺却接触不得。他那时还不知道，有些事是不能乱想的，一旦应验，原本怪天怪地的，最后都怪了自己。

///

入场仪式一结束，吴寻就等在了赛道边上。这十年里，吴寻变化很大，要说唯一不变的，应属他对搭讪秉持的热情。待周夏身边人不多时，吴寻瞅准机会跑到她跟前，打了一声招呼，说："同学，我们以前是不是见过？"

周夏有些疑惑，笑容里带着少许歉意："是吗？"

见周夏似乎对他没有印象，吴寻有些失落，但也松了一口气。他说："我想起来了，你是刚走我们学校后边的旗手。"

"噢。"周夏笑了。她看出他是在搭讪了。

"那个，你一会儿能帮我个忙吗？"说着，吴寻赶紧在脑子里策划下一步。

"什么忙？"

吴寻歪着头想了想，舔了一下嘴唇，说："我一直跟我哥们儿吹，说我女朋友是外校的，是个大美女，但……其实我是单身。”说着，吴寻挠了挠后脑勺，见周夏想笑，才继续往下编，“是这样，我一会儿要跑四百米，到时候我想跟你招个手，你能好心回应我一下吗？让我那几个哥们儿看看，他们就坐在你们校观众席左边。”说罢，吴寻脑袋偏了偏，扬起下巴指给她看。

周夏终于忍不住笑了，说：“可以倒是可以，可你不是要比赛吗？不会因为我分心吧？”说完，周夏意识到这句话可能对自己有些抬举，红着脸摆摆手说：“我不是那个意思，我是说，会不会影响你比赛呢？”说完仍觉得话有歧义，竟急得轻轻跺了一下脚，脸比之前更红了。

吴寻见周夏这副模样，简直想化在她面前。他在心里祈求冷静，表情却依然镇定：“没关系，你要回应我了，我能拿第一，拿了请你吃饭。”

“你要没拿呢？”周夏笑了。

“换你请我。”吴寻也笑了。

///

吴寻在他们学校是以短跑著称的，人送外号“关中狼”，跑四百米甩第二名七八秒不成问题。他知道，即使今天没有遇到周夏也可以稳拿第一。但是，因为周夏，他第一次不是可以夺冠，而是想要夺冠了。这二者的区别非常大，前者是多加一把力气，后者是多扛一个世界。

枪一响吴寻就冲出去了，起跑加速一气呵成。赛场上唯一比他快的是疑似吃了兴奋剂的广播员（女）的语速：“看哪，赛场上的运动员似离弦的箭一般冲了出去！跑在最前面的是……2号选手，第三中学的吴寻！他飒爽的身姿、矫健的体态，像一只凶猛的猎豹，无愧于他的称号——关中狼！”

在人群里找到周夏实在太容易了，她站在观众席间，像一位微服私访贫民窟的公主。周夏双手倚着护栏，眼神里竟有一丝焦急，吴寻简直要以为她是专门来为自己加油的了。他牺牲掉一些跑步节奏，举起胳膊冲周夏挥了挥。

周夏并没有回应他。

等吴寻跑近了才看清，周夏身旁站着一个男生，男生正将她的手按在护栏上。吴寻跑过观众席的一瞬间，男生从身后一把将她捆住。周夏扭动着身躯想要挣脱，男生却将她捆得更紧了。他死死盯着奔跑中的吴寻，噘起嘴唇吮了一下周夏的脖子，又伸出胳膊冲他挥了挥。吴寻蒙了一下，立马就明白了。挥手有很多种意思。那个男生的意思是：跑你的吧，她跟你没关系。

事情就发生在几秒之内，但对吴寻来说，每一秒都一眼千年。等他缓过神时，已经从领头落后到第二的位置了。霎时间他特别想发火，不是对周夏，也不是对周夏身边的男生，而是对挡在他和周夏之间的整个天下。天下之大，大若隔江，水不能填，不若江洪吞遥望。吴寻拼尽全力冲向终点，路线笔直，毫不犹豫，但他的双腿已经告诉他就要输了。对于一个丢失了目标的人，根本没有拼尽全力这一说。吴寻只能继续向前跑，就好像知道该往哪里去似的。

这是吴寻有生以来得的第一个第二。

///

比赛结束后，吴寻又继续跑了小半圈儿才停下来。他坐在草坪上，抄起一瓶矿泉水就冲脑门上浇。透过脸上腾起的蒸汽，吴寻又看了一眼观众席，周夏似乎在和那个男生吵架，男生面红耳赤地指着操场上的方向，冲她吼着什么。

“关中狼！”教体育的刘老师一路小跑过来，“可以啊，第二名。”

吴寻没搭腔，他灌了一口水，继续盯着观众席。

“别价，高兴点儿啊。”刘老师笑着拍了拍他的背，“你想啊，他们也都是各个学校的冠军，我看你能拿第二就挺好。”

“我应该拿第一的。”

“嗐。”刘老师扬扬手，“没什么应该不应该的，得给别人一次机会不是。”

突然，吴寻看到那个男生推了周夏一把。他猛地站起来，一边擦嘴一边向前走去。走了两步又回过头，眯着眼睛对刘老师说了一句话：

“不给。”

当周夏越过那个男生的肩膀发现吴寻时，吴寻已经距离他们三两步了。他冲周夏一笑，腰一弯，抱住那个男生的大腿一抬，借着护栏当支点一翻，就那么简单地像卸货似的把那个男生扔下去了。

“对不起，我知道不该这么做。”吴寻对仍没回过神的周夏说，“我不该骗你，我叫吴寻，我喜欢你很久了。”说完，吴寻吻了上去。

此刻，白云尽失，阳光正好。场地对面的主席台前，广播员正在播送通知：“请第三中学的吴寻同学速到主席台前领奖，请第三中学的吴寻同学速到主席台前领奖。”

///

我已经在领奖了，吴寻心想。虽然周夏的男朋友捂着脑袋上来时，拨开人群给了他痛达丹田的一脚，但吴寻仍然觉得，如果他是个和尚，那一刻他就可以圆寂了，且能烧出馒头那么大的舍利。在那一脚过来之前，吴寻说他根本没感觉到任何疼痛，就那样静静地、微笑地看着周夏，只觉得刚沾上五道红指印的脸颊暖暖的，真舒服。刚给了他一巴掌的周夏白白的，真好看。

太广倒是觉得有些可惜，他说如果吴寻当初不那么冲动，等周夏和那个男生分手或许就有机会接班了。我的想法比太广更直接，我说要实在等不及恨不得，找时机撬包也是可以的，毕竟是那个年纪的感情。

那个年纪的感情，虽然真切，却架不住人的凶猛生长。身在火旺青春里的人，每一天都能和前一天的自己反目成仇。往往感情还未走样，人就从里到外换了模样，容颜依稀不舍昨日，五脏六腑却跟被调了包似的，决绝得很自然。

吴寻让我们别马后炮，说他那个年纪哪懂这些。他虽然恋爱谈过不少，却没干过偷天换日的事，说他的每一段感情都是奔着一辈子去的，自然以为别人也是这样。虽然分手对他来说算个旧词，但每一次的疼都是新的，他不希望周夏因为他而经历一次分手。

正当我们对他敬佩不已时，吴寻又哈哈大笑，说他其实并没那么崇高。其实他也等了，也想过撬包，但周夏是真喜欢那个男生。这是他最后一次去周夏学校找她的时候，周夏亲口说的。

那次，周夏没有再翻他白眼，也没有再扇他巴掌，只是疲惫地，几乎是在恳求地让他别去找她了。她说，她是真的喜欢那个男生，两人从初中起就认识了，好到了现在，而且她希望他们继续好下去。吴寻没有告诉她他们从幼儿园就认识了。他没有力气再说一个字，他想起五岁那年，因为理解了什么是永远的那次恸哭。十年过去了，他尚能忍住不哭，却未能忍住不痛。

吴寻让周夏答应他一件事。如果她跟那个男生分手，一定记得告诉他。周夏笑了，她说即使她跟那个男生分了，即使告诉了他，他也不一定单身啊。她觉得最后的结局一定是，吴寻领着女朋友去参加他们的婚礼。末了，吴寻红着眼眶问，是不是这辈子都没有机会了，一丝一毫的机会都没有了。

沉默了会儿，周夏说："这辈子的事，谁也不能预测。"

///

"我以为她是嘴硬，没想到她真是奔着一辈子去的。"十年后，吴寻笑着跟我们说。吴寻听说他俩直到大学毕业都还没黄，而他在这十年里谈了不少恋爱——爱到天荒有时，逢场作戏有时，信誓旦旦有时，弱水三千也有时。因为谈的次数太多，吴寻最终得出一个结论：女人，全都一样。就像整日采访女明星的记者，采得多了就会发现，所有女明星使用的都是同一套托词：“我私底下其实很神经大条的啦，人也比较大大咧咧，不工作的话就会很宅，喜欢待在家里，或者去陪我的爸爸妈妈，对我来说最重要的就是家庭了。”

吴寻终于疲了。大概从三年前开始，他决定不谈了。

他的最后一次分手是姑娘提的。吴寻算是个有始有终的人，分手总要约在餐厅或家里面谈，而不会通过短信或电话玩儿孬。吴寻对我们说，那姑娘跟他分完刚一脸决绝地要走，没想吴寻送的时候竟无意说了句“有空再来玩啊”，说完连自己都愣了。那姑娘扭过头像看神经病似的看着他。吴寻对她笑了笑，郑重其事地关上了门。那一刻他意识到，谈恋爱对他来说已经沦为一种过气的消遣方式，他已经不需要了。

就这样，吴寻单了两年，这两年他过得比以往任何时候都，怎么说，都要精彩。他带着积蓄，用半年时间把欧洲玩了一遍，回北京后赖着我们的工作室写了两部剧本，之后拿着钱又去东南亚玩了几个月，回来的时候我们都不认识他了，不论是从外貌上还是性格上。东南亚的阳光不仅将吴寻晒黑了好几圈儿，连他眼里的最后一点儿温软都晒没了。要不是他的身份证，连我们这帮关系最好的兄弟都认不出他了。吴寻坐在我们对面，像一个惹人讨厌的无赖，解着衬衣领口的几颗纽扣，轻蔑地举起双手，分别打了一个七和八的手势。

“什么意思？”我问。

“七十八。”吴寻嘬了一口烟，喷到太广脸上。

“七十八次！”太广立马明白过来，狠狠捣了吴寻一拳。

吴寻摇摇头，一脸扬扬得意：“不，七十八个。”

太广倒吸了一口凉气。

“要是欧洲那次就牛逼，可东南亚，你确定都是女生吗？”我故意逗他。

“滚犊子。”吴寻笑了，将烟头弹过我们的头顶。

“管他呢，总之比咱们强。”太广说，“老子二十多年都没换过人了。”

吴寻哈哈大笑起来，笑得特别夸张，也特别吓人。他的笑容让我想起一帮小朋友，他们也在哈哈大笑，笑一个穿着小西装、打着小领结、头发上抹了水、领子里撒了一层痱子粉的五岁小男孩。

“笑吧，你们只能笑了。”那个男孩心想，目光如炬。

吴寻笑到了去年六月份，他二十五岁的那个生日。

///

那个生日派对，吴寻请了很多人。除了我们共同的十多个朋友、朋友的女朋友，还有朋友的女朋友的女性朋友。光太广的媳妇米可就带来了好几个，都是吴寻求着太广让她带来的。那次我们玩得很晚，吴寻却不让任何人回去，等喝多了唱累了也玩腻了的时候，我们开始在包间里谈一些禁忌话题，比如谁破处最早，比如一晚上最多是几次。到最后问题越来越细，也越来越无聊，连第一次对异性有感觉是什么时候都问出来了。

自然，这个问题吴寻能拿冠军。“肯定是我。”吴寻一放下酒瓶，我就知道他又要显摆幼儿园骗无数小姑娘睡觉的事了。

还没等吴寻开口，对面一个姑娘就举起手来抢着说：“肯定不是你，我先给你们讲一个。”说着，又扭过头看了她男朋友一眼，问，“老公，能不能讲？”

说话的姑娘叫小文，小文的男朋友叫田宗。田宗明显有些迟疑，但估计也是喝多了，搂着她的腰吮了下她的脖子，说：“随你。”

小文很快点燃了一根烟，看样子特别想讲。她说：“我知道一女的，上幼儿园就想跟她班一男孩睡了，刚开始那男孩还不愿意，气得她往他头上倒了一整碗炸酱面。”还没说完，小文已经笑得要倒在田宗身上了。

吴寻“啊”了一声，小文边笑边问他：“厉害吧，那时她才五岁啊。”

“厉害，厉害。”吴寻应着，跟我对视了一下。

小文接着说道：“搞笑的是那男孩最后答应了，说第二天睡，结果女的她爸却不让她去幼儿园了，说保姆找到了。”

这下连太广也听出来了，一脸惊讶地看着我们，我用眼神跟他确认了。

吴寻突然侧过来，压低声音跟我说：“我想起他是谁了。”

我也低声问：“谁是谁？”

“他。”吴寻用下巴指了指田宗，用嘴角对我说，“被我翻下台子的那位。”

我不知道他在说什么。

“就是周夏她男人！”他说，差点儿让旁边的人听见。

“就是他啊！”我恍然大悟。

“然后呢？”吴寻问小文，眼睛始终没有离开过田宗。

“然后她就哭啊，哭得那个凶啊，嗓子都哭发炎了，最后发烧在家躺了好几天。”小文挽着田宗的胳膊说，“真是，五岁就这么浪，为了跟男人上床至于吗，是吧老公？”

田宗笑得很不自然，含糊地应了声。

吴寻腮帮子紧了紧，呼吸声变得很重。我甚至能感觉到沙发在颤抖。

太广见吴寻不对劲儿，赶紧打圆场说：“我倒觉得这姑娘重情重义，五岁能懂这些是很难得的，估计情商应该很高吧。”

“高个屁，”小文继续说，“差点儿就自杀了，跑上海治抑郁症去了。”

吴寻一愣，问：“什么时候？”

田宗也觉得吴寻不对劲儿了，问他：“你关心这个干什么？”

“你关心这个干什么，不许别人好奇是吧？”小文瞪了田宗一眼，甩开他搂在她腰上的手，转过头对吴寻说，“两个月前刚从北京走，听说是被她男友甩了才得的病。真是，离了男人就活不了了。”小文故意把“男友”二字说得尤其重。

吴寻点燃一根烟，慢慢含了一口，闭着眼睛倒在了沙发上。将烟吐到天花板上之后，他又缓缓坐起来，身子往前一倾，死死盯着田宗问：“她刚才说的，是你前女友周夏吧。”

田宗和小文都张了张嘴，都没发出声音。

吴寻一笑，说："前女友藏心底的事，你用来逗别的女人开心？"

"关你什么事，你他妈是周夏什么人？"田宗火了。

吴寻继续笑着，边笑边掐灭手里的烟，说："我是她未来的男朋友。"说完，抄起一个酒瓶冲他脑袋砸了过去。

///

去机场送吴寻的时候，他脸上的瘀青还没有褪干净。因为雷暴，上海所有的航班都延迟了，吴寻这一班去上海的还没有从上海飞过来。坐在机场的咖啡馆等待时，太广还在做最后的努力。他说这是上帝在暗示吴寻不要去，后悔还来得及。吴寻说来不及了，他买的打折票不能退，又笑着说信什么上帝，他连爱情都不信了。他去见周夏不是为了爱情，而是为了他自己，见着周夏让他死个心，死心了日子就不难熬了。

吴寻说他不得不承认，以前听过的一些话，不知不觉就变成人生观了。他之所以心不死，就因为十年前周夏说的那句：这辈子的事，谁也不能预测。他有时喝了酒再想起那时，宁愿她说的是"我他妈根本看不上你"，或者"你个臭傻 × 别痴心妄想"，再不行来一句"对不起，我们实在不合适"，干吗说这辈子的事谁也不能预测呢？他又说这也不能怪周夏，谁能想到一个男人竟会这么没出息，谁能想到一个念头竟会这么长。

"只当我是专程去跟她道个别吧。"吴寻最后说。

一个人身上同时具有好品质和坏品质是再正常不过的了。虚荣与热忱，鲁莽与大度，自私与情深，浪荡与温柔。这些品质相生相克，互为依托。你将他看作什么样的人，全凭你想将他看作什么样的人。爱恨是一门玄学，人世也因此而有趣。

想你却佯装看透的日子里，连沉默都是嘴硬。

那一瞬间，你把我误解得很美，就为那一瞬间，我错活了十年。

一定要笑。不论有多绝望。

我们当然不会相信他，他为找到周夏所在的医院所花的精力实在不像只是去道个别。他打遍了上海所有精神病院和疗养所的电话，仍找不到周夏的行踪（后来才知道是周夏特意嘱咐过院方不告诉任何人）。最后吴寻实在没办法了，只能去医院找田宗。田宗受的伤比吴寻重，依然在病床上躺着。当吴寻把所有的事情都告诉他之后，田宗还是不肯透露周夏的去向。

“你就说我凭什么告诉你。”田宗说得太用力，说完疼得龇牙咧嘴，立刻举起手捂了捂头上被酒瓶砸出来的伤口。

吴寻瞪了一会儿地板，扑通一声跪下了，像朝臣叩首一般俯下身去。

“别。”田宗冷笑两声，说，“没用。”

吴寻站了起来，攥着一个从床底下掏出来的钢制尿盆，举到半空中，对准田宗的脑袋问：“什么没用？”

///

“你知道我是谁吧。”

吴寻捧着一束百合站在病房门口，笑着说。这是他们相识二十年来，吴寻跟周夏再次见面的开场白。说完，吴寻才发现自己在哽咽，不为他在别处的这二十年，而为她太瘦了。周夏比他想象中的还要虚弱和苍白，虽然有另外一番美，但吴寻不希望她以这种方式美。他希望能回到小时候，小时候的他用一碗炸酱面就能换过来她的劫难，长大的他却什么都做不了。

“当然知道，你是吴寻吧。”周夏坐在病床上笑着说。

吴寻微笑着默认了。他走上前去，拧开一瓶矿泉水，往床头的空花瓶里倒了一半，一边拆花束外的包装一边问：“你最近还好吧？”

“就那样呗。”周夏说。说完，她扬起脸看着吴寻，突然眉头一皱，嘴角发出“咝”的一声：“我们以前是不是见过，我之前就觉得吴寻这个名字很熟。”

“应该没有吧，我跟田宗认识时，你已经在上海了。”

“田宗还好吗？”一听到田宗的名字，周夏立刻忘记了其他事。

“还好。”

“他伤得严重吗？我听他说还在住院。”

“不算特别严重，现在已经好得差不多了，下个月就能出院。”

“那就好。田宗脾气不太好，经常惹事，而且他朋友不多，遇上你这样肯照顾他的不容易。他昨天跟我打电话还说呢，说到时候来上海看我还要顺便请你吃饭。对了，你来上海出差多久？”

“得一阵。”

“那你要常来看我。”周夏笑着说。

“一定。”

突然，周夏像是想起什么，说：“你跟田宗那么投缘，应该认识小文吧？”

“见过的。”

“只是见过吗，没有发生点儿什么吗？”周夏捂着嘴笑了，“她是我的闺密，漂亮吧？你要是单身的话，我可以帮你们撮合。你是单身吧？”

“是。”

“太好了，等我回北京后，咱们四个就能一起玩了。”她说，“刚好，明年我就和田宗结婚了，小文是我的伴娘，而你可以当田宗的伴郎！这主意不错吧？”

吴寻看着周夏，慢慢吸了一口气。他想起了那个晴朗的秋午，一个五岁的小男孩因为理解了永远的意义而失声痛哭；想起了那个炎热的夏夜，一个十五岁的大男孩摸着嘴唇，一遍又一遍地回忆一个吻；也想起了曾向那两个男孩许诺，如果再遇到周夏，他不会再因莽撞和无能，将他们继续折磨下去。

对不起，他对那两个男孩说。他们转过身，消失了。

一个世纪以后，吴寻终于回忆起了微笑的步骤。眼角一软，弯起嘴唇，花尽了全身力气。他笑着对周夏说：

“嗯，这主意真不错。”

///

在上海的日子里，吴寻没几天就会去看望周夏，用田宗朋友的身份，以帮他好好照顾周夏的名义。这些也是吴寻去上海之后，我们才知道的事。当他在医院准备威胁田宗说出周夏的去处时，田宗把所有的事情都告诉了他，只因为周夏再不能被任何事情打击了。

生活果然和电影是不一样的。生活虽然平淡，但比起电影仍多出几分触目惊心。电影里有随处可见的幻觉，有解释一切的人格分裂，也有编剧打哪儿指哪儿的间歇性失忆，圆着一个又一个漏洞。而生活没有漏洞，生活只有一个又一个谎言，所有的光怪陆离，背后都是繁复人心。

那天在吴寻的生日派对上，小文说的那些关于周夏的事，不全是真的，她只是说出来故意气田宗的。那天在周夏的病房里，周夏说的那些关于田宗的事，也不全是真的，因为她不知道全部的事。她不知道田宗提出分手的真正原因是他移情别恋，不知道田宗移情别恋的对象是她的闺密小文，也不知道田宗在她自杀未遂后的忏悔，说的那些等她病好就结婚的话，是防止她再次自杀。

吴寻说，他最终还是没有将田宗再揍一顿，因为他不清楚该继续恨，还是该感谢他。有机会与周夏相见和让周夏受苦二选一的话，他不清楚会选哪一个。他第一次因为无法选择而感谢上天。

///

周夏得的是双向障碍狂躁抑郁症，同时具有两种病征，不是抑郁消极，就是兴奋急切。吴寻开玩笑说，她是真正的一半明媚、一半忧伤。周夏笑了，问他她现在是明媚还是忧伤。吴寻说都不是，她就是周夏，傻死了的周夏。周夏突然扭头望向窗外，像是听见有人叫她。吴寻跟着扫了一眼，并没有看到谁。直到一声啜泣传来，他才发现周夏在哭。周夏说田宗也老这么说，说她傻死了，又擦干眼泪，说，好想田宗啊，说完把脑袋靠在吴寻的肩膀上。

吴寻稍稍弯了一下背，把肩膀调整到适合周夏的位置。周夏感觉到了，笑着说，你人真好。吴寻心里一疼，但不是为他自己，而是为了周夏。虽然此时此刻距离周夏最近的是他，但这份接触对周夏来说并无意义。如果是田宗，此时此刻如果周夏靠着的是田宗，她才会真的安心吧。田宗才是医治心病的人，而他就像一杯热水，是跟无关紧要的人们说那句“多喝点儿热水”而存在的一杯热水。

吴寻怎么也想不起来，那句话他是怎么说出口的。是因为令人昏昏欲睡的下午，还是因为周夏头发上的椰子香味？直到那句话从他嘴边溜出来，他才慌忙清醒，世界的线条才重新清晰起来，但后悔已经来不及了。

“周夏，”他说，“我想当你男朋友。”

他曾想象过无数个跟周夏表白的场景，却选择了最糟糕的一个，选择了最不应该的一个。他熟知无数表白的技巧，却一个都记不起来。他比所有人都懂得如何追女生，却和所有人一样，无法在真正喜欢的人面前保持理智。这仿佛是上帝造人时故意留下的缺憾——我们最自如的一面，只能表现给我们不那么在乎的人。若我们口吐莲花，是因为我们心如止水。

吴寻说，他一直以为对周夏的爱很伟大，到头来却发现自己仍是个自私小人，不论是五岁的他想用诡计跟她睡觉，十五岁的他不顾一切强吻她，还是二十五岁的他想要再见她一面，都只是在为自己着想。而从这一刻起，吴寻终于意识到了，他的爱情，从来都是他一个人的事，和所有人的爱情一样。

果然，周夏移开脑袋，像盯着一个怪物似的盯着他。吴寻搜肠刮肚好一番，才把话圆了回来：“我是说，如果你有一天跟田宗分手的话。”说完，吴寻低下头等待她的审判。良久，他却等来了一个吻，落在他的眉毛上。

“看出来了。”她笑着说。

“看出什么？”

“看出你喜欢我了。”她伸出胳膊，把吴寻头顶竖起的几根头发抚平，又叹了一口气，说，“吴寻，我知道你人很好，真的很好……”

吴寻知道她要说什么。这番话他对无数人说过，也有无数人对他说过。这是被人们冠以无数罪名的一番话。被心爱的人、挺心爱的人，甚至是不那么心爱的人拒绝，只要是被拒绝，人们就会产生难以承受的悲伤和愤怒，但人们无可奈何，除了怪罪这番话以外，人们再没有其他本事了。吴寻还知道，这番话的前半部分，是一个人这辈子所能收到的最真诚也最添油加醋的赞美，人们徒劳地想用这番话抹去悲伤。不论这番话有多么长、多么动听和美好，都有一个令一切戛然而止的“可是”。

“……可是，”周夏的“可是”到了，也拽回了吴寻的思绪，“我就要跟田宗结婚了，我们从初中就在一起了，我们……”

“这辈子的事，谁也无法预测。”突然，吴寻冒出这么一句。

说完，他们两个人都愣了。吴寻这边的时间静止了。他咬紧牙关，强忍住将所有事情告诉周夏的冲动，目不转睛地盯着她，有点儿希望她靠自己猜透他话中的含义，却又不得不向天祈祷她不要看出端倪。

周夏眼里的光一闪而过，她看着一脸惊慌失措的吴寻，笑了。

“你让我想起了一个人。”她说。

///

吴寻回到北京以后，让我再点一次《再见，我的爱人》，为他接风。这是我们最后一次点《再见，我的爱人》。我原想还点臧天朔，别那么惨，但点唱机里没有，只好又点了邓丽君。

也不知为什么，我像着了魔似的，竟也学太广上次那样，把间奏的独白念了出来："再见了，我的爱人。我将永远不会忘记你，也希望你不要把我忘记。也许，我们还会有见面的一天，不是吗？"

读完，身后传来沉沉的一声："靠。"

我回头一瞅，窝在沙发上的俩大老爷们儿没一个举止正常。

说"靠"的是吴寻，他浑身颤抖，一边骂声连连，一边用手掌盖住眼睛。

太广擤了擤鼻子，完后将纸巾揉成纸团丢在吴寻脑袋上，说："傻 × 哭啥哭。"又转过头骂我："你看吴寻被你难听哭了，赶紧切歌。"

我正准备切，吴寻突然大叫："不准切！"继而像疯狗一样在沙发上乱刨，终于从太广屁股底下刨出一个话筒。

他站起身，把话筒举到嘴边，用臧天朔的音量吼了起来：

Goodbye My love

我的爱人，再见

Goodbye My love

从此和你分离

我会永远永远

爱你在心里

希望你不要把我忘记

唱到“我永远怀念你”，吴寻吼不出来了。

“我永远……温柔……”他不甘心似的扯着嗓子逼着自己硬往下唱，“热红的心……怀念……你，甜蜜的吻……怎能忘记这段……”终于，他放弃了，他用双肘紧紧夹着颤抖不已的身体，受刑一般满脸痛苦。到最后，我们只能看到他嘴唇在动，却听不见他发出任何声音。

估计是他唱得比我还难听的缘故吧，连我和太广也忍不住了，跟着他一起掉眼泪。终于，吴寻重新坐回沙发上，闭着眼睛不再呢喃。等伴奏结束，他还是不说话，在KTV没有点歌的空当播放的“拒绝黄，拒绝赌，拒绝黄赌毒”的欢乐气氛中沉默了好久。终于，他说话了。

“以后咱们别点这首歌了。”他说，“周夏已经跟我说过再见了，我再借这首歌偷偷跟她重逢三五分钟，这不是不守信吗？”

太广和我对视了一眼，不知道该安慰他什么。

///

一个月前，吴寻接周夏出院那天，就预感到一些事情将要发生了。他的心莫名跳得很快，但和他在十年前的那场运动会上遇见周夏之前的那次跳动是不一样的，这一次更急，也更重。

他感觉自己快要坏了。

那天的上海依旧是一个晴天，却突然多了一丝不易察觉的凉意。吴寻来到住院部楼下，无意中抬起头望了一眼，立刻就看到了倚在窗边的周夏。相处半年以来，她一直穿的是蓝白条纹的病号服，时隔多年，吴寻终于又一次看到周夏穿上白色连衣裙的样子。

她好美。

可能是因为温度吧，吴寻突然产生了某种错觉，他将这个刚开始产生凉意的夏末理解成了初春，焦急地朝四周望了望，疑惑着春明明已经暖了，花怎么还不开。他重新抬起头，看着头顶上方像失了忆的花神一般的周夏，身体里突然产生了某种让他无法自持的悸动。他身体后仰，深吸了一口气，将胸脯鼓得满满的，举起一只手拢在嘴巴旁边，一遍又一遍地大喊着她的名字：

“周夏！周夏！”

周夏看到他了。她冲他一笑，举起手臂轻轻挥了挥，就像十年前他在那场运动会上期待的那样。顷刻，五岁那年，似中了化骨绵掌的那种悲伤又一次向吴寻袭来，将他的骨头一根不剩地抽走了。

他感觉自己快要死了。

“周夏，周夏。”他有气无力地呢喃着，拖着行李箱和背包，连滚带爬地上了楼。他也不知道为什么要连续不断地叫她的名字，好像只会这个词，好像要把这二十年来的份额叫回来，好像唯有这样，他才能保持住最后一丝气力。直到他站在病房门口，看到周夏的背影，嘴里仍在不断念叨着“周夏，周夏”。

“吴寻。”周夏唤着，声音很轻。她没有回头，而是继续盯着窗外。片刻后，她说，“你去把门关上，我有些事想问你。”

吴寻心里一沉，刚才那股不知从何而来的冲动逐渐消退了下去，取而代之的是一阵不亚于临刑前的绝望和紧张。她知道了。她怎么知道的？吴寻没有漏过嘴，田宗也绝不可能告诉她。她不应该知道的。吴寻想着，扣上了门，转过身，不自觉地拽了拽衣摆，眼睛一刻不离地盯着周夏的背影。但当周夏也转过身的时候，他又把眼神移开了。他低着头，不敢看周夏的眼睛，只能从地上的光影判断周夏也在盯着他看，影子慢慢走到了床边，继而消失不见了。

“陪我躺一会儿吧。”她说，声音比刚才更轻了。

吴寻抬起头，发现周夏闭着眼睛躺在床上，并给他留了一半位置。吴寻没有动。周夏又说了一遍，吴寻才提着脚步慢慢挪了过去，坐在床边，还是不敢躺下来。房间里异常安静，就连他刚才坐下时床板发出的嘎吱声都牵动着他的神经。他什么都不敢做，不敢动，不敢说话，甚至也不敢看躺在身边的周夏。

“躺下，吴寻。”周夏虽气若游丝，但几乎是在用命令的口吻了。

吴寻终于顺从地躺了下来，眼睛死死盯着天花板，盯得他大脑发涨。就在他受不了这样的气氛刚要起身时，周夏说话了。

“吴寻，”周夏几乎是在用气声说了，“你不是曾经答应过不骗我吗？”

吴寻一开始没反应过来她在说什么，等他偏过头看到周夏侧脸的一瞬，他想起来了。他想起一个五岁的小姑娘曾对五岁的他说：“你以后可以骗人了。但是你不能骗我，只能骗其他人。你能做到吗？”

他想起五岁的他曾信誓旦旦地对那个小姑娘说："能。"

吴寻哭了。

"对不起。"他哽咽着说。天花板越来越模糊，已经快要看不见了，于是他闭上了眼睛，眼眶里汪满的眼泪迅速顺着鬓角流到了耳朵，再从耳朵滴到枕头里，发出沉闷的，对他来说却是巨大的滴答声。

"你看，这间房子里放着这么多张床，"周夏的声音虽然微弱，但是离得很近，于是像被暖风送来，一丝一毫都没有遗失，"像不像幼儿园的午睡房？"

吴寻立刻抬起胳膊挡在眼睛上，想要挡住他根本抑制不住的眼泪，但他的哭泣还是被他身体的颤抖出卖了。

"你是什么时候知道的？"吴寻问。

"知道什么？知道你，还是知道田宗的事？"

吴寻没有回答。

"田宗的事是小文昨天告诉我的。她说田宗一直不让她告诉我，但她瞒不下去了。她知道我今天要回北京，她说她对不起我，但她已经对不起我了，我想怎么恨她都可以，但她希望我能放过田宗。"周夏用谈论家长里短的语气说着，听不出半点忧伤。"至于你，"她继续说，"应该说是你自己告诉我的。你照顾了我这么长时间，每照顾我一天，就偷偷地告诉我一点儿，就算我傻死了，也总有一天能猜出来吴寻就是你吧。"周夏牵过他的手，绕到她脖子下面，侧过身躺进他的怀里，又轻轻说，"我不用再排号了吧？"

"周夏，周夏。"

吴寻抱紧了她，很紧，紧得他自己都喘不过气来，虽然此刻他已经不需要呼吸了。即便这样，吴寻还是在继续用力，他五指撑开，让每一个指关节都能充分接触到她的后背；他的双手不断交替着，从她的脖颈抚到她的腰，再从她的腰抚到她的脖颈，像是要把她一点一点嵌在自己身体里。这一刻，吴寻出奇地没有反应，似乎身体里的欲望深知，那样做对这一刻来说是种亵渎。

“你不想？”周夏的声音又一次轻轻响起。

“就这样，这样就可以了。”吴寻委屈得像个五岁的孩子，他紧闭双眼，将下巴紧贴在周夏的额头上，哽咽着说，“二十年了，周夏。”

“二十年了，吴寻。”周夏说，“二十年了。”

她一直在重复着二十年了，声音也越来越弱，到最后变成一股听不清楚的呢喃，变成一股微不足道的热流，缓慢流淌在吴寻的胸膛上。

于是，他们就这样抱着，直到吴寻闭紧的双眼和环紧的双臂逐渐放松，像婴儿一般沉沉睡去；直到阳光从他的侧脸上收回，导致天边的晚霞和暮色融为一体；直到全上海第一片绿色的梧桐树叶变红，正在犹豫要不要趁风为入秋的落叶们做一次领舞；直到周夏身体里的五十多片安眠药发挥效力，让她的呼吸越来越微弱；直到吴寻在耳边隐约听见了一句“再见”，以为自己正在做人生中最后一个凄凉的梦；直到吴寻无意识地觉得有些冷，在睡梦中将逐渐冰凉的周夏抱得更紧一些。

当我们做梦时
该如何醒来

这是一个完全真实的，发生在我朋友身上的故事。故事里，我朋友遇见的这个人，也是完全真实的。没有丁点渲染，也没有丁点夸张，要不是因为我朋友的遭遇，我根本不能相信，现实中还有这样恐怖的人。

我朋友叫苗沫，她遇见的人叫徐哲。苗沫刚和徐哲在一起，我们就发现了。那一年她二十二岁，大学刚毕业没多久。整个人变成粉红色的苗沫旋转着飘到我们面前，拨开萦绕在她头顶的荧光色小爱心问："你们是怎么看出来的？"

我们当然能看出来了，苗沫从小家教就严，大学毕业前她从未谈过恋爱。不说初中高中了，就连我们谈论大学时候的感情经历，苗沫都会用双手冰着发红的脸说："真羡慕你们这些早恋的人。"这种快被激素憋炸的姑娘一谈起恋爱，比非洲人脸上涂了 BB 霜还明显。

徐哲是苗沫的初恋，比她大七岁。我们见过徐哲后，从他的长相、气质和言谈举止中，一致得出了徐哲不是真人，而是苗沫看韩剧时从电视机里爬出来的结论——徐哲不但像韩剧里才有的男人，而且像韩剧里才有的男二：除了心眼什么都不缺，除了爱情什么都不要。苗沫说她一开始也纳闷，这样的男人在现实生活里早就是男一了，哪里轮得上她这样的女十八。但她又一想，韩剧里的女一也有金三顺这样的，也就释然了。

徐哲唯一的缺点是离过婚，但没孩子。他跟苗沫解释过，说他的前妻太消极，做不到两个人共同进步，他所理解的爱情是两个人为了更好的生活而一起努力，为此离的婚。苗沫并不介意这一点，她认为徐哲一开始就能坦承这些问题，说明他比较诚恳，也比较理智。

当然，不管怎么说，我们都为苗沫感到高兴，苗沫值得拥有一个优秀的男人，更何况这个男人一心一意对她。徐哲和苗沫发展得很快，刚好了一个星期，徐哲就提议去见苗沫的父母。听说他前脚刚走，俩老人家后脚就去雍和宫哭着还了仨小时的愿。一个月后，徐哲跟苗沫求婚了。求婚的钻戒有鸽子蛋那么大，苗沫说"我愿意"时激动到连破三音。

那段时间里，苗沫时刻处于梦幻状态，结婚当天的腮红是她让伴娘们挨个儿掐出来的，为了验证她不是在做梦。婚后的徐哲更是把浪漫这个词提升到了前所未有的高度，就连苗沫转述第一次吵架的情景都有秀恩爱的嫌疑，映衬得其他人都不像是过日子，而是在糟践日子了。

他俩吵架的原因是，徐哲说要养她全家一辈子，让苗沫不要工作了。苗沫不依，也想为家庭出一份力，而且怕待在家里发霉。听到这儿，单身了一辈子的罗安（虽然他是个男的）大吼一声，扑过去戳着她的脑袋骂她是不是有病。苗沫捂着额头边笑边解释，说最终徐哲答应让她继续工作，只不过是换到他们公司当财务。徐哲的原话是，“以后你就帮我管账吧，老婆大人”。罗安听完瘫倒在地，握着一把无形的刀往胸口刺去。

自此，徐哲成了神一般的存在。一提到他，在场的无不男默女泪，除了跟苗沫关系最好的天青姐。天青姐一直对徐哲持保留意见，她私下里问过我三个问题：徐哲既然这么优秀，为什么是单身；见家长、求婚、结婚为什么这么迅速；最关键的是，为什么是苗沫。

我撇撇嘴，说她是杯弓蛇影，见不得年轻小姑娘幸福。天青姐说，她只是觉得问题没这么简单。她甚至一度怀疑徐哲是同性恋，找苗沫纯粹是为了骗婚。我反驳她，说也有可能真相很简单，就像真爱那么简单。

///

当我终于肯承认问题没那么简单时，已经过去了一年多。这一年里，苗沫完全变成了另外一个人。徐哲在场，苗沫温柔体贴、百依百顺，简直可以拿来做人妻范本；徐哲不在场，她就呈现出一副无精打采的样子，且非常敏感和小心翼翼。上次在我家不小心打碎一个碗，苗沫竟吓得蹲在那里哭了，边收拾碎片边哭着对我道歉。我们谁也不知道这一年在她身上究竟发生了什么。越到后来，苗沫就越少出现，即使单独出现，也很少会提及徐哲。

又过了一个来月，某天我接到天青姐电话，说苗沫去了她那儿。我好久没见苗沫了，嚷嚷着要去蹭饭。天青姐让我单独去，不要告诉别人。我心里还嘀咕有什么好注意的，谁知一进天青姐家门，就感觉到气氛有些不大对劲儿。

苗沫看起来很憔悴，双目无神，脸色苍白，躲在天青姐怀里一动不动。我问她怎么了。天青姐说："苗沫昨晚做噩梦了，梦里有你。"我当什么事呢，要贫嘴说："有我是美梦啊。"话没说完，天青姐就打断了我，让苗沫重复一遍昨晚的梦。

苗沫昨晚的梦主要跟徐哲有关。梦中的徐哲脸色发青，且胖得吓人，像七宗罪里的贪食者，一边不停往嘴里塞东西，一边让苗沫给他做饭。苗沫做得不如他吃得快，哭着央求徐哲让她休息一下。徐哲哈哈大笑说不做就吃她，说着就扑了上去，吓得苗沫拔腿就跑，不知怎的就跑到了我家，却看到徐哲在我家沙发上坐着，不过体形恢复了正常。徐哲跟苗沫道歉说不吃她了，让苗沫原谅他。我也在一旁附和，说什么请他们下馆子，下馆子徐哲就不吃她了。我带他们走到一家饭店，徐哲推门而入，苗沫刚准备跟过去时被我一把拉住。我凑到她耳旁说："还不快跑，徐哲他不是人！"

苗沫说她当时就被吓醒了，醒来后发现徐哲并不在床上，而是在书房工作。说到这儿，苗沫顿了顿，眼泪突然下来了，捂着嘴不再言语。我们说要是难过就先别讲了。苗沫摇摇头，抹了一把眼泪继续往下说。她说徐哲回到卧室见她醒着，问她是不是做噩梦了。苗沫点点头，却一点儿也不敢靠近他。徐哲盯着她看了一阵，轻轻抱住她说："怎么会做噩梦呢，难道你跟我在一起不幸福吗？"转述完徐哲的话，苗沫终于撑不住了，把头埋进天青姐怀里大哭。

我跟天青姐对视了一眼，都纳闷苗沫为什么会因为这句话难过。天青姐抚着她的背，问她怎么回答的。苗沫哽咽着说，她只能说幸福，跟往常一样。我问她什么叫跟往常一样。苗沫说徐哲经常问她这样的话，不论他为她做了什么买了什么，或者因为什么事动了怒吵了架，事后都会总结性地问一句"你觉得幸福吗"。我想了想，宽慰她说："徐哲可能只是询问意见，好随时做出调整。"苗沫摇摇头，语气坚定地说："他的语气不是询问，更像是一种威胁。"

苗沫说，她跟徐哲吵架总吵不赢，他的大道理很多，常常把她说得哑口无言。她一开始还以为吵不过是因为爱他，人们不是常说跟心爱的人吵架总吵不赢吗？后来才发现，她不是因为爱他，而是因为绝望，一看他的眼神，她就知道说什么都无济于事，徐哲不会为她做任何妥协，只让她做出退让和改变。徐哲挂在嘴边的那一句"你觉得幸福吗"，更像是在确认她是否能体会到他的用心良苦，或者是在提醒她记得要感恩他的努力付出。

只有一次，第一次也是最后一次，她实在没有心情回答，就半开玩笑说了句"不幸福"。没想到徐哲一反常态，吓得她好几天都缓不过劲儿来。他先是愣了一下，随即眼神就变了，像要吃人一般恶狠狠地盯着苗沫。他抄起手边的 iPad 像拍砖一样砸到地上，砸完抬起头指着她破口大骂，说她是个忘恩负义的东西，说她连狗都不如，狗喂饱了还知道摇尾巴。

苗沫早就傻了，甚至都没意识到眼泪已经被吓出来了，一开口说话才发现自己在哭。苗沫呜咽着说她只是开个玩笑，她很幸福很幸福。徐哲这才逐渐恢复常态，坐回沙发上顺气，随后向她伸出一只手，意思是到他怀里来。

苗沫说，一个人前一秒还大发雷霆，后一秒就微笑着要拥抱她，那一幕简直比他砸东西还恐怖。她知道如果置气不过去的话，后果不堪设想，便努力伸直颤抖不停的双腿，走过去坐到了徐哲怀里。徐哲轻轻拍着她的背，无限温柔地说："宝贝儿，以后不能拿幸福来开玩笑，知道吗？"

///

听完苗沫的叙述，我猛吸了几口气才缓过劲儿来，心里浮现出电影里各种变态杀人狂的形象。我这才明白苗沫为什么会因为这样的一句话大哭，也明白她为什么会做这样的噩梦了。她这一年过得太压抑，徐哲用无数句以幸福为借口的威胁，把他带给她的所有负面情绪全部堵死在了她的心里。可怜的苗沫只能以做噩梦这种方式来纾解情绪。

"他打过你吗？"我问苗沫。

苗沫摇了摇头，说："那倒没有，徐哲已经把我训练得差不多了。"

“训练？”我跟天青姐异口同声地重复了一遍。

“什么叫训练？”我问。

苗沫一脸无辜地说：“徐哲跟我说的啊，他说只要经过他的训练，我就能变得越来越好，越来越优秀。”

我忍不了了，站起来骂道：“让他把自己训练成人再说吧。”

天青姐瞪了我一眼，又扶着苗沫的肩膀让她坐好，一脸严肃地问：“苗沫，你跟姐说实话，你跟徐哲在一起开心吗？”

苗沫张了张嘴，小声说：“刚开始还挺开心的，后来就不好说了，更多时候是害怕，怕他不满意，怕他发火。”说到这儿，苗沫笑了笑又接着说：“有时候看到他满意的神情，我反倒挺有成就感的，心里也会松一口气。”

“那你爱他吗？你确定他爱你吗？”我直接问。

苗沫想了一会儿，鼻子一抽，突然又哭了起来。我还想接着问问清楚，天青姐对我摇了摇头，让我到此为止。

///

那天晚上苗沫要在天青姐家过夜，说还不敢面对徐哲，一看到他就想起梦里发青的脸和肥胖的身躯，仿佛他本来的模样只是一张用来伪装的人皮。可我总觉得苗沫对我们隐瞒了什么。她讲到因为噩梦而惊醒，徐哲不在卧室却在书房那里顿了一下，肯定是发现了什么噩梦之外的事。毕竟噩梦再怎么恐怖，也不至于让一个人反应这么大，让苗沫吓到不肯跟徐哲同床。再说，徐哲这个人私下是什么样子，我们全是从苗沫口中得知的，我总认为一个巴掌拍不响，有可能是苗沫也做了什么不对的事。谁知道那天半夜，徐哲就主动消除了我对苗沫的怀疑。大概是夜里一点钟，我接到一个电话，是徐哲打过来的。

“你晚上是不是见苗沫了？”他问。

“是啊。”

徐哲沉默了一会儿，突然问：“你跟苗沫是什么关系？”

我仍未明白他什么意思，就照直说：“朋友关系啊，怎么突然问起这个？”

徐哲打断我说：“以后不许跟苗沫见面，再让我发现你就死定了。”

我的火气噌一下上来了，对着电话吼：“你他妈有病吧！”

吼完才发现徐哲已经把电话挂了。

我正拿着手机发愣，紧接着天青姐打了过来。她说刚才徐哲去她家把苗沫接走了。苗沫不想回去，她也在一旁劝徐哲放心，说她们姐俩想谈谈心。徐哲却冷哼一声瞪着她说，苗沫跟他谈心就够了，外人别多管闲事。天青姐还想说什么，苗沫赶紧收拾东西说这就回去，并给天青姐使了个眼色让她别劝了。

第二天，苗沫给天青姐和我都发了短信，大意是昨晚对不起了，让我们别介意。她说，她会处理好情绪的，只不过需要时间冷静，让我们别打扰她。

我跟天青姐再聊起这事时，都挺无奈的。天青姐说毕竟是他们的家事，我们不好插手太多，除非苗沫主动找我们帮忙。只是可怜了苗沫，估计以后会吃很多苦头。天青姐叹了一口气，又说，那天晚上，徐哲的眼神太可怕了，真不像是人该有的眼神，难怪苗沫会做那样的噩梦。

///

谁也没想到，噩梦过后不到两个月，苗沫就出事了。那天我们一拨人正在天青姐家吃火锅，她突然收到苗沫发来的一条短信。天青姐皱了皱眉，回复之后对我们说："苗沫一会儿要过来。"过了不到五分钟，苗沫又发来一条短信。天青姐一看都快急哭了，站起来就穿外套。她一边手忙脚乱地给何夕递车钥匙一边给苗沫打电话说："你不要怕，姐这就过去！"

那天晚上，我们犯了很多法。首先是严重超载。何夕的途观上一共挤了七个人——我们一起吃火锅的六个，外加何夕小区楼下配钥匙的王师傅，王师傅一开始不想去，几乎是让我们扛进车里的。其次是擅闯民宅。王师傅在何夕的逼迫下，使用了毕生绝学十秒开锁，这才把苗沫家的防盗门撬开。再次是打架斗殴。我们让天青姐跟何夕先把苗沫带回去，我们几个则留下来，等徐哲回来时把他打得妈都不认得，连王师傅也跟着踹了几脚，直到徐哲答应跟苗沫离婚才停手。我们必须这样做，也必须犯法，有些问题不能靠法律解决，因为有些东西不是人类。

///

苗沫在天青姐家休养了好一阵子，身上的伤才渐渐好了起来。徐哲那段时间所做的事，如果不是发生在我们的苗沫身上，我们根本不能相信。苗沫的噩梦果然并非毫无根据，徐哲真的不是人，他能成为那样的怪物，也是有据可循的。等苗沫把事情全部告诉我们之后，我们都后悔那天没把他打死。

一个半月前，也就是苗沫刚跟我们说完噩梦的那天晚上就出事了。徐哲从天青姐家接她回去的时候，看样子心情挺不错的，一路上有说有笑的。苗沫心一软，就把梦到的内容照实说了，她说是因为害怕才想跟天青姐睡的。徐哲不但没生气，还开玩笑说她就是嫌弃他。等回到家关上门，苗沫正准备把包从肩膀上取下来时，徐哲一脚踹到了她肚子上。

他一边踢躺在地上的苗沫一边哭，踢到最后跪了下来，拽着苗沫的头发把她扯进怀里，抱着她哭喊："你知道我有多爱你吗？为什么你要这样对我？你梦里的我那么丑恶，你还跟你的朋友说，你简直在我脸上扇了无数个耳光啊。为什么我为你做了这么多你还是不满意，你对得起我辛辛苦苦建立的家吗？"

当时苗沫疼得连喊疼的力气都没有了，是第二天直接在医院醒过来的。徐哲见她睁眼，轻轻抚摸着她的头发，说自己是推了公司所有的事来陪她的，一天要赔好几万呢，问她领不领情。苗沫看着徐哲，甚至怀疑眼前的这个人和昨晚把她打昏的那个人不是同一个。她想问徐哲是不是不记得昨天的事了，却不敢问出来。她说她当时只有一个想法：一定要笑。不论有多疼，有多绝望，一定要笑给他看。果然，徐哲见她笑了，也变得越发温柔了。他摸着她脸上没有受伤的部分，微笑着问："那你觉得幸福吗？"

///

在医院休养的那段时间，徐哲把她的手机拿走了，说手机辐射太大对身体不好。我们这才知道，那两条苗沫让我们不要打扰她的短信是徐哲发的。苗沫出院回家后，徐哲就主动把手机还给了她，还让她多联系联系我们，多跟朋友说说话。苗沫挽着徐哲的胳膊说："不用联系他们，我有你就已经够幸福了。"

苗沫说，她在家里休养的那段日子是徐哲最满意的一个时期，比他们新婚时还满意。为了保命，苗沫已经把幸福演到了炉火纯青的地步。似乎之前发生过的一切，她都不记得了，不记得徐哲骂她连狗都不如，不记得她被徐哲吓出噩梦，不记得徐哲打得她半个月不能下床，不记得徐哲背着她和另外一个女人联系——这就是她那天去天青姐家说噩梦时瞒住没说的那件事。苗沫之所以讲到一半顿住，是因为想到了她那晚发现的比噩梦还让她难以接受的事。

那晚，苗沫因为噩梦惊醒之后，发现徐哲并不在卧室里。她知道徐哲有半夜失眠就去书房工作的习惯，也没多想什么。谁知她准备去客厅倒杯水，却听见书房传来了一阵很轻的笑声，不是徐哲，而是一个女人的声音。

等她蹑手蹑脚走过去，透过门缝才发现，徐哲在跟一个女人视频。苗沫看不清楚那个女人是谁，那个女人叽里咕噜说了一大堆，苗沫只听见一句就再也听不见别的了。她说："我当然知道你最爱的是我，我才不跟你老婆争呢。"徐哲也笑着对着屏幕上的女人说："还是你最懂我了。”说着还凑上去亲了亲屏幕。

///

苗沫向天青姐求救，就在她又一次发现徐哲跟那个女人视频那天。那是她出院没多久的一个周末，因为身体还没有完全恢复过来，苗沫仍躺在床上看电视。突然，书房里传来徐哲的笑声，苗沫一下子就知道是怎么回事了。虽然仍有些难受，但她已经无所谓了，只要不打她，徐哲跟多少个女人乱搞都行。

但苗沫还是不可避免地听见了，去卫生间的时候听见的。徐哲的声音像针一样扎进了她的耳朵：“打过之后果然听话多了，还是你说得对。”那个女人笑着说了一句让苗沫心跳停止的话。她说：“老婆就得教训，必要的时候就动手，这跟养狗是一样的。”

苗沫说，要不是他那天晚上临时回公司开会，她永远也发现不了那个跟徐哲视频的女人是谁。她打开徐哲没有带走的电脑，一看到 FaceTime 的通话记录就彻底崩溃了。通话记录里只有一个号码，那个号码苗沫的手机里也存着，不是别人，正是她的婆婆、徐哲的母亲。

苗沫捂着胸口喘了半天，像是肺被捅穿了似的喘不上来气。一想到那句“我当然知道你最爱的是我，我才不跟你老婆争”，再想到徐哲对着屏幕亲上去的举动，苗沫突然感到一阵恶心。她瘫在桌前缓了很久，也想了很久，终于拿出手机，给天青姐发了一条短信，也就是我们吃火锅那天天青姐收到的那条：“天青姐，我想去找你，我撑不下去了。”

只听见“嗖”的一声，更可怕的事情出现了。

发出声音的并不是苗沫的手机。她缓缓抬起头，找到了声音的来源——是徐哲的电脑。电脑屏幕上赫然显示有一封新邮件，邮件的内容是：“天青姐，我想去找你，我撑不下去了。——发信人，苗沫。”

苗沫眼前一黑，顿时天旋地转。她知道这封邮件徐哲的手机也能收到。果然，不到一分钟，徐哲的短信发过来了：“宝贝儿，你怎么了，不开心吗？”

苗沫知道他要回来了，知道躲不过去了。她赶紧穿好外套准备躲去天青姐家。一转门把手才发现，门已经上了锁，而钥匙也找不到了。苗沫靠着门，慢慢瘫倒在地上，就那么愣了五分钟。然后她又拿起手机，发了一条短信。不一会儿，天青姐收到了那条让她脸色大变的信息，同样的文字也出现在徐哲的电脑和手机上：“天青姐，救我。”

苗沫说她把命都赌在那天了，要不是我们先赶到，她就活不下去了。她没有报警，她知道警察或许能救她这一次，但下一次，下下一次就不行了。苗沫在等待我们的过程中，徐哲又给她打了无数个电话，她一个都不敢接，也不敢贸然关机，怕我们联系不上她。她说她只能调成静音，因为每一次手机铃响都像是在提醒她死期将至。看着徐哲最后发过来的那条“我马上到家，你等着”时，她害怕得甚至破涕为笑了。她从来也没有想到，丈夫要赶回家照顾妻子的对白，竟然和徐哲要赶回去打她时所用的是同一句。

……

当王师傅把门撬开时，我们一下子全都愣住了。看着苗沫鼻青脸肿、头上包着纱布的样子，天青姐心疼得直掉眼泪。我们几个火气也瞬间上来了，拳头握得嘎吱响。苗沫像见到救命神仙一样，“哇”的一声瘫在地上哭了，抱着天青姐大腿说：“姐你救我，救救我吧！我不想死啊！”

///

在我们的胁迫下，徐哲最终跟苗沫离婚了。天青姐曾对徐哲质疑过的三个问题，现在也能解释通了。徐哲这么“优秀”的人，为什么是单身？我想这种问题，不幸当过他妻子的苗沫是最好的解释。至于他的前妻我们不认识，暂且不好下定论。只能说徐哲的三观已经扭曲到让人无法接受的地步了，这可能跟他的童年、他的母亲有很大关系，但我不是心理医生，说不好这方面的事情。

至于徐哲很快面见苗沫的家长，接着就跟苗沫求婚、结婚，也不是因为他对苗沫的爱有多深，而是因为他伪装出的“优秀”持续不了多久。毕竟除了政客和间谍，没有人能够长时间地伪装成别的样子，越害怕问题暴露的人，才越想要通过板上钉钉来一劳永逸。

徐哲选择苗沫的原因就更显而易见了。像苗沫这样不谙世事的小姑娘，最容易被他伪装出来的样子冲昏头脑，而且就像徐哲所说的，也最容易被训练成他所需要的伴侣。其实，徐哲需要的并不是一位伴侣，而是一个，怎么说，一个奴隶——经过他的训练，最终令他满意，抚慰他的情绪，并对他生活有帮助的奴隶。奴隶和宠物还不一样，宠物起码是要宠的。

于此，我特别赞同《摩登家庭》里的一句台词，大意是：各方面都显得很完美的人，如果一直是单身，那他一定是哪里出了问题。

///

几个月后，苗沫身上的伤终于痊愈了，但她心上的伤好得没那么快，即使跟徐哲离了婚也还是会做关于他的噩梦。天青姐帮她找了一位心理医生，陪着她去做了半年心理辅导她才逐渐恢复过来。何夕问她想不想告徐哲，苗沫拒绝了，说只要不和徐哲有任何关系，不用再想起和他有关的任何事情，不再做任何关于他的噩梦，她就感谢上帝了。

///

我说过，这是一个完全真实的发生在我朋友身上的故事，故事里的徐哲和他所做过的那些事，也是完全真实的。当然，徐哲是我为他起的化名。我之所以一直强调这一点，是因为一年后，我们中有人听说徐哲又和一个姑娘结婚了。姑娘叫什么名字我不知道，我也不知道这位姑娘能不能看到这篇文章。但我觉得还是应该对看到这篇文章的姑娘们说一句，如果你（或者你的朋友）在今年上半年和一个各方面都很优秀的男人相识并迅速结婚了，希望你（或者你的朋友）最好留意一下，留意他有没有经常提到“幸福”两个字。

恶年华

大概从五岁起，我才开始记事。从开始记事起，我就知道我很坏了。我人生中做的第一件坏事，是把我妈买给我的三岁生日礼物——一顶帽子，放进炉子里烧。烧着后，一边挥舞一边对刚进门的我妈哈哈大笑。之所以能记得这么清楚，是因为我妈把我狠揍了一顿，那也是我能记得的第一顿打。

五岁那年还有一件事，我印象也特别清楚。这件事里坏的不是我，而是我的幼儿园女老师。我记得是一个色温很强的下午，女老师带着我们坐在幼儿园后院的大树下背诵《三字经》。她一边摇着铃鼓，一边温柔地笑。我们则像一群不安分的小鸭子，扯着嗓子齐声喊："人之初，性本善。性相近，习相远……"

我能记住这件事，是因为女老师说的那句话。她说：“《三字经》错了，应该是：人之初，性本恶。”说完，她还是笑眯眯的，我们却满脸疑惑。一个小男孩托着小腮帮子问为什么。女老师说：“你们以后就知道了。”

等我再想起这件事，心想，这样的女老师怎么还没被开除呢？幼教的作用除了托管孩子之外，不是应该负责让孩子们坚信，阳光永远是灿烂的，天空永远是蔚蓝的吗？

可我越来越觉得女老师说得没错。阳光的确永远是灿烂的，除非被乌云遮盖。天空也永远是蔚蓝的，除非被雾霾隔开。这个世界永远是美好的，除非被恶人搅坏。但这个世界永远不可能没有恶人，因为恶是人之根本。

人之初，性本恶。性相近，习相远。这句话，一点儿也没错。

///

跟现在的我们相比，小时候的我们简直穷凶极恶。因为对生命不敬畏，我们会用放大镜烤死蚂蚁，扯掉翅膀让蜻蜓无法再飞。因为对尊严不在乎，我们会欺凌弱小，孤立因我们的无知而被认定的异类。因为对世故不了解，我们会误解本想帮助我们的长辈，攻击无心伤害我们的全世界。

是的，我们的借口只有无知者无罪，社会也会用一套体系来保护幼时的我们。但，造物主并不会轻易放过任何人。随着成长，我们中的大部分人，恶性会逐渐消退，或者说被世俗抑制，无法避免地变得中庸。到那时，我们会慢慢长出一种叫良心的东西，就像荆棘里开出的花，花开得越繁盛，越被我们与生俱来的刺所刺痛。这种刺痛，就是造物主惩罚做过“坏事”的“好人”时，所使用的最大武器——无时无刻如影随形的悔恨。

当然，没心没肺的人自然能对这种武器免疫。只可惜我们凡人不能，我们的内心都没有强大到能够丧尽天良不自知。我的朋友任臻就是其中一个。他就是因为承受不了这种刺痛才开始信教的。任臻是去年年底受的洗，因为一件无法原谅自己，也永远无法得到当事人原谅的事。这件事跟他的高中生物老师王选民有关。

///

王选民是从县上调来的教师，离过婚，有个跟任臻同岁的儿子叫王旭，也被安插在他们班和任臻坐同桌。任臻说他清楚地记得跟王旭说的第一句话。他说：“你身上怎么有股子腥味？”王旭笑容凝固了一下，没搭腔。自那天起，王旭再没穿过那件从县里带来的衣服。

任臻跟我说，现在他只要一想起王旭偷偷低下头扯起袖口闻的动作，就觉得自己不是东西。我安慰他说小时候的我们都挺不是东西的。任臻苦笑着摇了摇头，说：“那才是开始。”

王选民明显不了解城里教学的风格。城里孩子魔性大，吃硬不吃软。这么说吧，学校里有一位雷厉风行的女化学老师，在授课之前曾是省级女子散打冠军，所以她的课堂纪律全校第一。相对于这些有撒手锏的老师来说，王选民过于真诚跟温和。他在上第一节课的时候就把自己交代全了，说自己是县里调来的老师，一直想来城里教课，把他们爷儿俩的户口也转到城里，希望大家一起努力，互相帮助共同进步，一起度过这三个月的考查期。

王选民做自我介绍的时候，除了他儿子王旭，全班同学都在底下笑。其实大家是在笑他的口音，但王选民还以为是话说得有意思，说得更带劲儿了，说到兴高采烈处还挥舞着胳膊，带动手背抹了一下鼻子。任臻简直要笑趴在桌子上，他一边捂着肚子一边拍王旭的肩膀说："你爸是社火队的吧。"

两节课过后，班里同学便摸清了王选民的脾气。自此，只要是他的课，班里就闹得跟农贸市场似的。即使他带着学校发的麦克风也盖不过从各个角落传来的嗡嗡声。有一次因为声音实在太吵，把副校长和教导主任都招来了，以为他们班发生了学生动乱。

王选民上了几个月的课，只迎来了三次安静。

第一次安静，是在他给全班同学道歉的时候。王选民之所以道歉，是由于他在上一堂课中，使用新的整治课堂纪律的方法。王选民的新方法在他们城里孩子的眼里不但老套，而且完全不会奏效。据任臻推测，这应该是从某个古板的老教师那里学来的，因为完全不符合他的风格。他的新方法就是，不讲课也不维持纪律，而是对全班同学说："等你们什么时候说完了，老师再说。"

没承想教室一下就炸了，所有同学像是提前约好似的，集体把音量提高了两倍。任臻干脆把耳机从随身听上拔了下来，举到王旭耳边，随着音乐的节奏晃来晃去。王选民涨红着脸，整理了一下讲台上的教案，夹在胳膊底下走了。任臻故意声音很大地说："老师别走，靠，还真走了，心理素质也太差了吧。"说完，他朝旁边扫了一眼，王旭正低着头看书，脸上的颜色和他爸一模一样。

第二堂课上课之前，大家像看好戏似的等着王选民，看他一会儿怎么给自己台阶下。上课铃响了，王选民像往常一样走进教室，只不过没有上课起立那一套，而是站在讲台中央对着大家深深鞠了一躬。他说："上节课没把课讲完，把大家的进度拖了，是老师不对，老师在这里给大家赔个不是。咱们这节课稍微讲快一点儿，跟其他班进度保持一致，大家也配合一下老师，好吗？"

大部分同学还是很配合的，有几个女同学见老师道歉，眼睛还红了一下，甚至连任臻也只是冷笑了一声。可这种配合，也就是王选民课上难得的安静，只维持了两分钟。两分钟过后，全班又像农贸市场似的骚动起来。

而第二次安静，也发生在这节课上，不是因为王选民，而是因为王旭。

任臻觉得刚才那段道歉的戏码挺没趣的，转而逗起了王旭。他用胳膊肘挑开王旭捧着课本的手腕，说："你也不可怜可怜你爸，帮他管管纪律。"王旭没搭腔，重新翻开课本一个字一个字地硬看。任臻见王旭不搭理他，又挑衅似的把他的手从书上碰开，故意拖长了音说："跟你说话呢，听见没。"王旭依然没有理他，拿起一支笔在课文上画重点。任臻啧啧两声，凑到他耳朵跟前，说："跟你爸一个德行，孬。"

王旭啪地合上课本站了起来，凳子在地板上磨出一道刺耳的声响。整个班都安静下来，所有人扭过头看着王旭。王旭俯视着任臻，瞪圆了眼珠说："你再讲一遍。"

没等任臻说话，讲台前传来王选民一声低吼："王旭，出去！"

王旭瞪着任臻，没动，只不过眼眶有些泛红。王选民又朝他吼了一遍。王旭微微颤抖了两下，拿起书走出门外。只听墙壁传来了一声闷响，估计是王旭往墙上砸了一拳。王选民像没听见似的，拿起粉笔说："咱们接着上课。"

///

年幼无知，只能算年幼无知。我用这样的话安慰讲不下去的任臻。他把头埋进膝盖里，浑身开始颤抖。我是觉得有些不至于，这些都只能算是年轻人戾气太重，事后骂自己一两句"浑球儿"就够了，犯得上叹气，犯不上颤抖，直到任臻抬起头，用像是求救的眼神看着我，讲完他接下来所做的更过分的事。

那件更过分的事，导致了王选民课堂上的最后一次安静。

期中考试结束后，学校领导会例行听课，来检验每位老师的教学质量。在这之前，王旭身上出了一档子事，他因为作弊差点儿被记过。实际上这是任臻捣的鬼，为了报王旭让他下不来台的仇。

任臻当时并没想诬陷王旭作弊，只是在纸条上写满乱编的参考答案，揉成一团扔到王旭桌上，以为他会上当。王旭却连看都不看就把纸团拨开，低着头继续做题。任臻见他没上钩，就又做了两个纸团，一个砸中他的后背，一个落在他的脚边。

其他同学也注意到了，憋着笑用余光看好戏。终于，任臻的一个纸团砸中了王旭的脑袋，一个女同学忍不住笑出了声。而在那一刻，王旭刚刚忍无可忍地举起胳膊，准备将纸团扔回任臻那里去。

“王旭，你干什么！”同学们的笑声惊动了监考老师。

王旭呆呆地看着老师，又看了看自己的手，手上正捏着一个写满错误答案却令他无法辩解的纸团。

普通学生作弊很常见，但老师的孩子作弊就有的说了。中国流传千古的一句口号——王子犯法，与庶民同罪，是帝王用来安抚民心的。可是帝王根本想象不到，庶民更希望看到的是，犯了法的王子比犯了法的庶民多死一万次。

王旭的名字几乎在全年级传开了。没作过弊的人在这一刻像是光宗耀祖了一般。作过弊的人在这一刻交口称赞监管力度的不完善，并互相交流技术经验，引此事件以为戒。

那些看到真相的同学甚至也不愿把真相说出来，一则没必要赔王旭这个人情，二则这样不是显得更好玩嘛。任臻私下里向哥们儿炫耀他的杰作时，笑得喘不过气来。“天意啊天意，”他总结道，“他和他爸，一个命背，一个命冲，只能怪命不好。”

///

天意啊天意，如果把天意拆分成无数细节，敏锐的人就能发现，其实哪有什么天意，全部都是人为。王选民期中考试过后的第一节课上，也就是校领导坐在教室后面对他进行考查的例行听课上，第一次迎来了全班同学的鼓掌欢迎，热闹程度堪比明星亲临现场澄清绯闻。

王选民推开门走进教室，首先被这阵势吓了个不易察觉的趔趄。接着，他像是被同学们的掌声激励了一番，一边雄赳赳气昂昂地迈向讲台中央，一边情绪高涨地冲同学们挥手，说："起立！"

全班同学齐刷刷地站起来，拖长了音大吼："老——师——好！"

王选民甚至笑出了声，又一次因为激动而伸出手抹鼻子。王选民说："今天大家情绪很高，看来我选咱们班配合我听课是对的。"说着，冲教室后面的几位领导笑了笑。全班同学也一起对王选民笑，像一群磨刀霍霍向猪羊的屠夫。

"王老师，"一位同学清了清嗓子，站起来，带着无限灿烂的笑容，用极度关心的语气，字正腔圆地说，"你知不知道，咱们班有个人作弊被抓了？"

王选民一愣，从表情上看，他还不知道发生了什么事。他茫然地扫视了一下全班，说："我还不是很清楚，怎么……"

"我没有作弊。"王旭喘着粗气站了起来，低着头说。

那位同学看都不看牙齿咬得咯咯作响的王旭，继续用关切的眼神看着王选民，说："王老师，那个人说，他没有作弊，可是我为什么看见了？"

同学们集体发出恍然大悟的声音，像观看乒乓球比赛似的不断在王旭和王选民之间转换视线。后排的领导也开始窃窃私语，有的带着考验的眼神看着王选民。王选民的脸色难看极了，沉默了好一阵，盯着王旭但却是在对大家说：“如果我的孩子作弊了，怪我没教育好，我会用私下时间管教他。但是我相信，也请大家相信，我的孩子是不会作弊的。你们先坐下，咱们把课上完，好吗？”

“好的，老师。”那位同学一边坐下一边笑着说，“老师说没作弊就没作弊，老师的孩子就是跟别人不一样。”

王选民刚在黑板上写了两个字的手停了下来，他转过身看着大家，说：“还有谁跟王旭一个考场？”

慢慢地，七八个人站起来了，除了那几个看到真相的同学，还有始作俑者任臻。刚才还和大家一起笑闹的任臻，这时慌了起来。那个在课堂上跟王选民公然对峙的同学，并不是他安排的。任臻虽喜欢恶作剧，但不会铤而走险惹祸上身，他现在唯一担心的是有人说出实情。

王选民问：“你们谁还看到王旭作弊了？”

任臻抬起头瞥了一眼那几位知情者，他们都紧闭着唇不说话，有的单手插兜转着笔，有的双手背后看窗外，好像没人听见王选民的话。只有考场上笑出了声的那位女同学满脸通红，把头埋得很低。那位女同学正好站在王旭的后一排，而她桌前的王旭死死盯着王选民，眼眶泛红，鼻翼颤抖，放在桌子上的两个拳头因为握得太紧而开始摇晃。

王选民走下讲台站在王旭身边，一只手搭在他的肩膀上轻轻拍了两下，然后微微躬身，专注地看着他身后的女同学，轻唤了一声她的名字，问：“跟老师说实话，你也看见了吗？”

任臻虽然面无表情，但他的汗几乎已经浸透了每一根头发，就要从额头上显露原形。他瞥了一眼站在他旁边的王旭和王选民，内心一阵绝望，丝毫没有回过头跟那位女同学使眼色的勇气。女同学沉默的每一秒都在折磨着任臻，终于，他受不了转过头去，搜罗跟女同学对上视线的可能性。良久，女同学抬起头，看也不看任臻，而是望着王选民的眼睛，铿锵有力地说出了让任臻心里一跳的四个字。

“我看见了。”她说。

举国欢庆。

全班同学爆发出雷鸣般的掌声和欢呼声，经久不息。教室后排的领导们集体走上前来，但是他们无论用嗓门还是手势，都维持不了纪律。

任臻笑着一屁股坐到椅子上，头发里的汗集体流下来，像被人当头浇了桶水一般。而他身旁的王旭早已泪流满面。他抬起头看了看身旁目光涣散的王选民，颤抖着的双唇轻轻张开，一根被牙齿拉起的唾沫丝在白炽灯的照耀下闪闪发亮。他像是哭着说了句什么，但他的声音被代表正义和光明的洪雷淹没得毫无踪影。从口型上看，王旭貌似是哭着叫了一声“爸”。

///

听完整件事之后，我再也找不出继续安慰任臻的理由了，不是因为他罪不可赦，而是因为我知道说什么都是徒劳。“为什么呢？”

沉默良久，我问。其实我也不知道问为什么目的何在，就像我不知道那个提问的男生、那个撒谎的女生，包括任臻在内的所有人目的何在。

任臻抬起头看着我，显得异常激动，夺眶而出的泪水将他的瞳仁放大，像是从我的注视里捕捉到了赦免他的光。他朝圣一般举起双臂摊在空中，似乎在承接着一些我看不到的东西。“我也不知道，”他一边流泪一边举止夸张地摇着头说，“我真的不知道当时为什么要那样做。”

任臻说他去年年底受洗，就跟这件事有关。他说他近十年来从未想起过这件事，也从未被这件事折磨，似乎王选民和王旭是他后背上的一块胎记，是一个他知道却注意不到的存在。直到他受洗的前几个月，他从某位高中同学口中得知，王选民过世了。任臻说，听到这个消息的那一刻，他想起了整件事情的全部细节，包括王选民兴高采烈地抬起手背抹鼻子，包括王旭遮遮掩掩地扯起衣服闻袖口，这些画面不断在他脑海里浮现，甚至连他的梦也不放过。

从那时起，他终于知道，神对他的审判开始了。

“你知道那段时间对我来说最痛苦的是什么吗？”平静一些后，他问。

我摇摇头说不知道。

“最痛苦的是，”他说，“每当我想出一个帮自己开脱的理由——比方说其他人也有责任，比方说王选民是因为蠢——就会为竟有帮自己开脱的想法而更加痛苦，周而复始，如影随形。”

“但还有比这更痛苦的，”他继续说，“我会不由自主地认为，王选民的死是我导致的，即使我知道或许不是，我依然阻止不了自己这么想。”说完，任臻做了一个祈祷的动作，感觉像是好了一些。

就在我准备离开时，突然，毫无预兆地，任臻像是又想起什么不好的记忆，他再次眉头紧锁，似乎有一根透明的刺扎进他刚刚愈合的伤口。

任臻看着我，说完了最后的事。

王选民的考核并没有通过，自然也无法拿到他想了半辈子的城市户口。半个月后，他带着王旭离开这所学校，重新回到了县里。

在走的前一天，王选民给他们班上完了最后一堂课，临下课前，他说：“大家稍微安静一下，这是老师给大家上的最后一节课，有些话想跟大家说。”话音刚落，下课铃就不合时宜地响了。

“下课咯！”任臻吼了一句，带头站了起来，将早已收拾好的书包甩到肩膀上。王旭还未反应过来，任臻就已经将他推到一旁，并冲他身后的女孩悠然一笑——他们已经是好朋友了。任臻从王选民眼前一晃而过，从未感到步伐如此轻盈，从走到跑、从跑到跳、从跳到飞，几乎要双脚离地。班里的同学受到他的感染，迫不及待地和他一起冲出教室，每个人的脸上都洋溢着那个年纪所特有的，青春的光彩。

那些被小事
打败的爱情

那时，我们还不怕相爱

WHEN WE LOVED

邵舶和田媛再过三个月零二十二天就分手了。

我承认，邵舶刚告诉我的时候，我并没有当回事。一来这俩人经常闹分手，分分合合跟三国似的，我们都见怪不怪了；二来就算他俩真分手，也算不上什么大事。现代人谁还没分过手啊，过不下去了当然得分。现代人太容易过不下去了，随便一摸就“抱歉，你触到了我的底线”。现代人底线太密了，防盗激光网似的，一不小心就 bee（拟声词）个没完。

虽然第一次分手总是能要人命，但熟能生巧嘛，分一分就跟领导挂电话一样干脆利落了：“行行，那你先忙，我就不打扰你了啊。”“啪。”这期间的淡然还真不是装出来的，毕竟经历过几次分手之后，所有人都会明白一条真理：分手是死不了人的。但邵舶毕竟是我的朋友，我不能跟他说死不了就行，所以还是礼节性地表达了我的震惊、慌乱以及惋惜之情，等确定他没什么大碍才敢提出我的疑问：“怎么你俩分手还有预告？”

邵舶笑着答：“我俩的房租交到今年年底了，过了租期就分。”

///

我之前因为房子闹水灾（洗衣机漏水把卧室淹了）去他们家待过，亲眼见证了邵舶经常提到的大型真人脱口秀节目——《邵舶和田媛的日常》。俩人吵得太凶了，跟偷了人参果的猴子和看管人参果的童子一样。也只有吃饭的时候才能稍微消停点儿，这还是为午后时段的吵架储能。目睹全过程的我表示，下回我宁愿露宿街头一整夜，也不愿再去他们家待一分钟。

在邵舶家住的第二天一早，我就被田媛的吼声吵醒了。声音差点儿把我卧室的门冲开：“你忙你累我也忙我也累，凭什么你一犯错我就得包容。你说说你这是第几次犯了，你在乎过我的感受吗？”

不会是邵舶跟哪个姑娘搞破鞋了吧？我瞬间脑补隔壁房间里的画面：田媛一手拿着邵舶的手机，一手指着邵舶破口大骂，手机屏幕上，邵舶跟一个姑娘暧昧的短信随着田媛颤抖的手指忽闪不停。等我清醒过来又听了三五分钟，才发现根本不是那回事。

原来是邵舶昨晚忘了把甩干的衣服拿出来晾了。

过了大概有一刻钟，吵架声终于停止了。我刚想起身上厕所，卧室门嘭地被推开了。我赶紧闭上眼睛倒头装睡，脖子上的筋还没有及时收回来，就那么直挺挺地竖着。只听见打火机“啪”的一声，然后是邵舶喘着粗气但故意压低的嗓音：“还装，早就被吵醒了吧。”

等我抽上邵舶给我点的晨烟，他才叹了一口气，跟我理了一遍他们吵架的脉络。起因就是邵舶昨晚忘晾衣服了，但田媛昨晚就发现了，故意没提醒他。等他今早起床想让田媛帮熨一件衬衣的时候，田媛这才把甩干桶里半湿的衣服拿出来，一边甩到邵舶脸上一边说：“这么湿我熨不好，你自己熨吧。”

邵舶跟我诉苦：“我承认没晾衣服是我的错，但她就不能跟我好好说吗？她为什么当时不提醒我呢？不然自己晾了不就完了吗？我整天辛辛苦苦上班都不够累的，回家能洗个衣服就不错了，还想干啥？话说回来，洗衣服不应该是她的事吗？整天看韩剧没别的事干了是吧！”邵舶说着说着火又上来了，声音也越来越大，我想让他放低音量，但插不上嘴。

跟我担心的一样，只不过比我的担心来得更早一些。我还没来得及盖住不该露的地方，门再一次嘭地被推开了。田媛站在邵舶身后瞪着他，邵舶假装看不见她，虽然他手指间烟头上的火光抖了抖。

田媛单手叉腰冲他吼道：“你以为我真在乎的是衣服没晾？真为这个生气我早不跟你过了，你为什么不跟他说你这是第几次忘了？我跟你说过一万遍洗完衣服要晾，尤其是衬衣，时间长了熨不平，对你来说这些都是废话吗？你要在乎我，你会忘这么多次吗？我是生气你根本不拿我当回事！”

他们就这样在我房间里又吵了起来，完全不在乎我受得了受不了。我憋着一大泡尿也不好意思去撒，只能劝完这个劝那个，为了解放我的膀胱尽力使他们结束得早一点儿。

///

经历过一集《邵舶和田媛的日常》之后，我再没敢踏进过他家半步。邵舶说这都是温柔的，我还没见过他们打架呢。所以当他告诉我要分手时，我一点儿都不觉得惊讶。我觉得吧，谈恋爱是一回事，过日子就是另外一回事了。多少人的感情是被生活中的小事打败的，小事比小三还厉害。小三只能趁着空隙打打游击战，顶多闹到最后来一次正面交锋，但小事潜伏在生活的各个角落，基本就算是攻坚战了，持续的时间一长，次数一多，没几个人能扛得住。

邵舶跟田媛分手的原因也跟这些小事有关。最直接的一件小事是，两人在上一次吵架之后，都各自违反了一项他们当初为吵架专门制定的条款。经历过千万次吵架之后，邵舶和田媛终于不再排斥吵架，承认吵架是他们生活中不可或缺的一部分。为避免越吵越凶，两人协商出了专门应对吵架的条款。

田媛触犯的是第二十七项。条款正文为：不论因为什么原因吵架，绝不可离家出走，在家里摆事实讲道理，直到问题解决。邵舶触犯的是第二十八项：如果有一方实在受不了离家出走，另一方必须追出去并保证追到，在不丢脸的情况下当街摆事实讲道理，直到问题解决。

那一次，田媛又一次离家出走了，而邵舶第一次没有去追。

///

这一切都要从他俩轮流去见对方家长说起。

我以前写稿时曾去邵舶他们家蹭过床，他父母的为人是出了名的不错，和蔼得让人不好意思。邵舶虽然家境一般，但也算得上小康。他爸跟前领导关系处得好，退休后一直留在单位给领导开车，他妈则在自家楼下租了个一层做小超市，两人都有退休金和收入，所以日子也过得有滋有味。

要说唯一不好的就是，他妈有点儿过于封建迷信了，几乎每个房间里都供着师傅和妈祖，去他们家都不敢大声说话，声音一大就感觉触犯了灵。虽说平常信点儿神佛仙怪也碍不着别人，可一涉及他儿子的婚姻大事，中年妇女那股邪劲儿就上来了。田媛跟着邵舶去他家的时候，一进屋就被家里的摆设吓了一跳，好在邵舶的父母非常热情。尤其邵舶他妈，坐下就拉着田媛的手问东问西的，还要跟她一起合照，就差带着她义结金兰了。

谁知第二天，他妈就告诉邵舶说不满意田媛。邵舶被他妈单独叫出去谈话的时候才知道，他妈前一天拉着田媛热络是在套她的生辰八字，合照是为了方便看相。不仅如此，她连夜去郊区找了一位据说算命很准的黄大师。要说黄大师有点儿职业操守，摆摆架势念念咒语也就罢了，但还没等邵舶他妈说明详细情况呢，黄大师当即就甩给他妈俩字：克夫。邵舶听完肺差点儿气炸了，跟他妈大吵了一架。人都还不了解，信什么算命的。不过这事他没告诉过田媛，跟我抱怨的时候倒是提了两句，说怎么可能克夫呢，旺夫还来不及。

///

关于田媛旺夫这件事，我倒是可以证明。跟田媛在一起的这几年，的确是邵舶事业的上升期。邵舶心里也明白，他能一步步往前走全是因为田媛，这是他某次跟我喝酒时亲口承认的。邵舶说，他年少时曾以反驳那些从小就听的古句俗语为荣，年纪一大反而越来越觉得其中很多都是真理。那些曾被他奉为金科玉律的厚黑学、博弈论和人际关系学，过后看来统统是扯淡，现在他为人处世就相信十六个字：但行好事，莫问前程；与人为善，破财消灾。但他最推崇的不是这十六个字，而是一句差点儿让我喷饭的话：每个成功的男人背后，都有一个伟大的女人。

邵舶说他虽然算不上成功人士，但自他和田媛在一起，就越来越能理解这个道理了。当一个男人对一个女人有了关于未来的想象，他会不由自主地想让生活变得更好，尤其是当他感受到女人也在努力的时候。邵舶说，这好像是男人的本能，当你看着她和你一起把家变得更像家时，你就想对她好，就想为她努力，就想让她过上更好的日子。他说有时候下班早，看见田媛在厨房一边哼歌一边做饭时的背影，他甚至能倚在门框上热泪盈眶，觉得眼前这幅画面特美。当然，邵舶又笑着说，如果拍的时候她不比剪刀手就更美了。

///

邵舶刚跟田媛在一起那会儿，夸田媛夸得比现在还勤，他说田媛一切都好，长得漂亮身材棒，心地也善良，非要鸡蛋里挑骨头就是性格恃宠而骄了点儿。不过这也怪不得她，毕竟她家是单亲，她从小就没享受过父爱，再加上上面有个姐，她从小就没享受过唯一，长大了想要人疼也无可厚非。

听邵舶说，田媛很小的时候家境似乎不错，她爸去山西插队当煤老板起了家，可还没等到田媛记事，她的父母就离婚了。原因是她爸出轨，跟一个洗脚城的小妹。按说那一辈的人，出轨对离婚来说似乎还差了一些火候。她妈之所以坚持离婚，不在于她爸包了那个小妹，而在于爱上那个小妹了。这二者的差别很大，前者是对她妈的侮辱，是“你爱洗脚关我屁事，你哪怕爱喝洗脚水我都不拦着”，后者是对她妈的否认，是“我跟你睡了七年床，比不过她给你洗了几天脚”。田媛和她姐被法院判给她妈之后，即使有她爸的抚养费，生活水平也下降了许多，直到她姐嫁人后才有了些许好转。

邵舶去她们家之前，田媛就跟他打过预防针，说她妈人比较难缠。虽然邵舶做过心理准备，甚至为此跟田媛练习过对话，但还是被她妈劈头盖脸的问题打蒙了——工资多少，存款多少，买没买房。

田媛也没料想到她妈会这样，瞪了她一眼，说：“妈，你干什么！”

邵舶倒是反过来安慰田媛：“阿姨还能干啥，就关心关心我的生活嘛。”他一边对田媛她妈微笑一边说，“阿姨，不瞒您说，我工资还凑合，月薪税后两万六。去年刚升的职，所以存款也没多少，十五万。

房子肯定是要买的，但我家情况一般，买房的钱有些困难，所以我想等再过两年攒够首付再说，这些事我都跟田媛说过。”

“不行。”田媛她妈说，“十五万存款就当彩礼了，我也不嫌少，你们订婚前就得打到田媛卡里，而且你们家得在结婚前买房，房产证上再把田媛的名字添上，有了这个我才准你们结婚。”

邵舶还没缓过神，田媛就怒了：“妈，你有病吧，是我嫁还是你嫁？”

“怎么跟你妈说话呢！”她妈也怒了，“妈还不是为你好，你找了个没车没房的，再没点儿钱当保障，以后日子怎么过！”

田媛像瞪着仇人一样瞪着她妈说：“你找了个有钱的，不还是不要你了？”

田媛她妈一愣，一巴掌扇到了她脸上。

“哎，你怎么打人呢？！”邵舶狮子似的一声吼，一米八三的大个子猛地扑到田媛跟前，把她妈吓得往后一个踉跄。邵舶小心翼翼抬起田媛的脸问：“没事吧？”

田媛噙着眼泪摇摇头，又瞪了她妈一眼，拉着邵舶的胳膊说：“走。”

///

有时候我看到邵舶，就觉得挺心疼的，同样是人，也同样是爱情，为什么这个地方的人的爱情，却要牵扯两个家庭，甚至决定于两个家庭。我曾听说过无数个恋人被拆散的故事，那时我的想法还很单纯，也很武断，认为一切想打败爱情的，都是小事，一切能被小事打败的，都不是爱情。直到这次，这次轮到了邵舶和田媛，我改变了想法。

几个月后的某一天，他俩协商分手了。

分手前一天晚上，邵舶回去得很晚，大概凌晨才到家。他一开灯才发现田媛就那么静静地坐在沙发上，眼神放空，不看他也不看其他任何地方。和她的眼神形成鲜明对比的，是放在她旁边装满了东西的包。虽然邵舶察觉到了异样，却还是装作一切正常，他一边换拖鞋一边问："没睡觉啊？"

"你先坐下。"

邵舶心里咯噔一下，慢慢走过去坐到田媛旁边，问："发生什么事了？"虽然邵舶把手机放到桌子上的声音很轻，但对那个房间来说就是一声旱地惊雷般的巨响，震得他产生了耳鸣。

田媛还是不看他，也不说话。

"到底怎么了，谁欺负你了？"邵舶讪笑着用胳膊肘推了推她。

"为什么回来这么晚？"

"去见客户了啊，我不是跟你说过吗？"

"你客户是男的女的？"

"男的啊，这个客户我们特别想接下来，他刚从日本回国打算投资，我们得在别的公司之前把他拿下。"邵舶说着说着气顺了，对着田媛笑了笑，装出既委屈又埋怨的腔调说，"我当什么事呢，你也真是，一天到晚瞎想。"

"男的，为什么挂我电话？"田媛依旧不依不饶。

“不是告诉你了嘛，那个客户特别重要，我不能出任何差错，见客户之前不也跟你发短信说了吗？不过这是我不对，我向你道歉。”

“后来为什么关机？”

“手机没电了啊，怎么了？”

田媛抄起桌子上的手机，按了按，没亮。她又按住了开机键。一秒，两秒，三秒，随着屏幕上出现一个小小的白色苹果，邵舶汗下来了。田媛把手机扔到桌子上，咣当一声，邵舶也跟着抽了一下，像是手机砸中了他的脑袋。

“你骗我。”田媛哭了。

“不就是关机了嘛，刚才骗你也是怕你更生气，那个客户……”

“你还骗我？我朋友都看见了！”田媛顾不上擦眼泪，哽咽着说，“你明明就是在跟一个女的吃饭，吃的狮子山下是不是？你怎么能带她去狮子山下，那是我带你去的地方，是我们第一次约会去的地方啊，你怎么能带别的女人去？！”

邵舶顿时感觉到天旋地转，他咽了口唾沫，眼眶发红，说：“媛儿啊，你先别难过。”邵舶举起三根手指，说“我邵舶跟你发誓……”

“你是不是还送她一个礼物，香奈儿5号香水？我没说错吧，我朋友全都看见了。”田媛恶狠狠地说，“邵舶，你怎么这么厉害，你就算要讨好别的女人，能不能别送一样的东西，能不能别去一样的地方，能不能尊重我一下，让我知道我在你心里也唯一过！”

邵舶不说话了。他点了一根烟抽了几口，又摁灭了，挥了挥脑袋周围的烟，说：“反正我没做对不起你的事。”

“你不是没做，你是还没做。”田媛突然又平静了，“我妈说得没错，不管有没有钱，男人最终都会出轨。与其找个你这样的，不如找个有钱的，起码他出轨了日子还能有个保障，就算离婚了也能分得更多。”

邵舶一愣，一猛子靠在沙发上，把腿重重搭在桌子上，看着天花板，说：“看来我妈说得也没错，你的确克夫，怪不得她不满意你，让我早点儿跟你分。”

“你妈什么时候说的？”田媛问，语气一下子弱了下来。

邵舶鼻子一酸，后悔说了这句话，但他说了一句更让自己后悔的话：

“忘了，反正不是第一次说了。”

///

第二天下午，我正躺在床上玩手机，邵舶的短信发过来了，说他跟田媛打算分手了。我又玩了一盘游戏，才退出来发短信问他俩是不是又吵架了。邵舶说没有，只是中午谈了一下。一听到谈，我觉得事情严重了，赶紧打电话过去问怎么回事。邵舶说见面再聊，他要来找我吃饭。见他还能想得起吃饭，我的嘴又贫了起来，调侃他现在是单身了，就这样来我家别人会说闲话的。邵舶笑着说，他还不是单身，再过三个月零二十二天才是。

我以为邵舶只是来跟我吃个饭，没想到他来跟我喝了一晚上，把昨天和今天发生的事情全部跟我讲了一遍。田媛听完那句狠话之后，拎起包就走了。那是他们俩定完吵架条款后田媛第一次离家出走，也是邵舶第一次没有追。邵舶失眠了一个晚上，不停地翻看手机，看田媛有没有给他发短信，直到天快亮了才睡着。等他一睁眼，已经是下午两点了，手机上有一条新短信。

短信是田媛凌晨四点多发过来的，说她住在朋友家，让他别担心。邵舶赶紧给她打电话，谁知电话铃声从客厅里传出来了。他一出卧室，就看见田媛坐在沙发上，面色很憔悴。

“你醒啦。”田媛努力挤出一个笑容说。

邵舶眼泪一下子就出来了，他想扑过去抱住她，往前踉跄了几步，又转身朝饮水机那边走去，边接水边答：“嗯。”

他正琢磨说什么合适，田媛说话了：“我们，分开吧。”

邵舶杯子里的水接满了，顺着杯沿流了出来，又流到了地上，而他还保持着接水的姿势。田媛赶紧过去关上开关，从厕所里拿来抹布擦饮水机，擦完了饮水机，又把抹布放在地上吸水，像是没看见一旁泪流满面的邵舶。邵舶撑着膝盖站了起来，慢慢坐回到沙发跟前，换成田媛一个人蹲在饮水机那里，背对着他，反复摆弄地上的抹布。

“好。”邵舶说。

田媛一屁股坐在了地上，邵舶赶紧捂住眼睛，不敢再多看她一秒。等田媛也过来坐在旁边牵起他的手的时候，他又像想起了什么似的，抹了一把眼泪，说：“但是你要相信我，我没有做对不起你的事。”

“邵舶，你也要明白，我决定跟你分手不是因为这件事。”田媛给邵舶挤出一个笑容，说，“你能听懂吗，邵舶？我们分手不是因为我们。”

“懂。”邵舶哭着点了点头。

///

讲完，邵舶稳定了一下情绪又对我说，后来他决定等租房合同到了再正式分手，她现在的工资还不能承担自己租房子的费用，他说得给田媛一个经济上的缓冲期。田媛想拒绝却被邵舶拦下了，说除非她不想跟他住，不然就先在一起住着，就算给他一个感情上的缓冲期。

虽然他俩分手我也挺难受的，但说句没心没肺的话，这些我不是特别感兴趣。我最感兴趣的是，他到底有没有对不起田媛，昨天晚上跟他吃饭的女人到底是不是他的暧昧对象。不过话一出口我就后悔了，情绪刚刚稳定下来的邵舶，又一次伏在桌子上哭了起来。

“是田媛她姐。”邵舶说。

昨晚，田媛她姐瞒着田媛来了一趟北京，偷偷把邵舶单独约出去谈了一次。邵舶知道她姐是想劝他们分手，本来还想买个礼物看能不能收买，结果她姐性格比田媛还直，直接承认她是她妈派来的。她说，她妈那天对他提的要求都是乱扯的，就是打心底里不能同意田媛跟他。她姐说，田媛从小过的就是苦日子，虽然她能吃苦，不介意吃苦，但她妈舍不得她吃苦，她姐也舍不得她吃苦；还说如果邵舶心疼她，真心喜欢她，就更不应该让她吃苦了。

邵舶跟我说，他回去的时候脑子都是蒙的，他从没想过让田媛吃苦，但那天他才知道，原来只要是跟着他，田媛就是在吃最大的苦。那天晚上，他在楼下抽了整整一包烟才上去，想着用什么办法能让田媛跟他分手，谁知道田媛以为他在外边有了别的女人。他庆幸田媛不知道那是她姐，也庆幸连上天都在帮他解决问题。他知道田媛不在乎她家里人的反对，所以只能胡说八道，说他妈让他们早点儿分手。邵舶说田媛以前说过一句话，昨天晚上一直在他脑子里转，一转就得哭，忍都忍不住。那句话是他们见完田媛她妈，她拉着邵舶回去的时候说的。她捂着被她妈扇红的脸颊，笑着对邵舶说："别怕，老公，我罩你。"

///

从那天起，直到租房合同到期的三个多月里，邵舶和田媛几乎没再吵过一次架。即使平常有些小摩擦，刚拌两句田媛就乐了，再也不肯吵下去。邵舶还总让田媛没事多吵两句，想多怀念一下以前的日子。似乎两人心里都明白，在一起的日子再有几个月就到头了，所以也就不那么任性地挥霍了。

人就是这样，都知道什么是失去，但只有在快失去的时候才能意识到。田媛恨不得把这辈子的好在这段时间里全给他。邵舶反倒劝田媛别对他太好，临分手了反而让他受不了。但他只比田媛有过之而无不及，他说一想到田媛她姐说田媛受苦他就难受，想着既然没福气照顾她一辈子，就能补偿多少是多少吧。

距离他们分手还剩半个月的时候，邵舶帮田媛找到了房子，又帮她付了第一期三个月的房租，自己则打算瞒着她搬到我家借住一段时间。我去帮他给田媛搬家的时候，看他们忙里忙外搬箱子递盒子那副默契的样子，还以为他们又不打算分了，只是换个地方住。

我趁田媛下楼的时候悄悄问他："你怎么不难受呢？"

"忍着呢。"邵舶直起腰，擦了擦汗低声说，又冲门口张望了一下，回过头指了指我笑着说，"你可别招我啊，我现在特别脆弱。"

"不敢不敢。"我拍了拍他的肩膀。

邵舶弯下腰抬起箱子，我发现箱子底下挂着一条布，忙说："等一下。"等扯下来一看，才发现是田媛的胸罩。我俩对视了一下，哈哈大笑起来。

邵舶用腿顶了顶箱子冲我说："快别摸了，放进去。"

我刚打开箱子准备把胸罩塞进去，邵舶哐当一声把箱子撂了，差点儿砸了我的脚。他快步走到阳台，扶着栏杆狠狠砸了窗户一拳头。

我听见上楼的脚步声，一边合上箱子一边小声说："田媛上来了。"

邵舶抹了一把脸，快步走过来将箱子甩到肩膀上，对着空荡荡的房间吼了一声："走吧！"

///

邵舶在我家住的那几天，倒像是什么事都没发生似的。既没有冲着窗台发一上午呆，也没有拽我陪他喝一晚上酒。最多就是突然嘿嘿笑两声，笑完摇着头念叨几句"可惜可惜"。说实话，我宁愿他歇斯底里鬼哭狼嚎个几天，这种没来由的傻笑反而令我害怕。终于有一天，我实在忍不住了，问他有什么好可惜的。他看了我一会儿，又嘿嘿傻笑了起来。

邵舶说，他只是想起他们以前定吵架条款的那段日子了。条款虽说是田媛和他一起定的，但基本上有八成是田媛一个人编的，留了很多耍诈的余地。条款定好之后，田媛学聪明了，再不玩离家出走了，一吵架就直接赶邵舶走，因为条款上没有“禁止把对方赶出家门”这一项。但邵舶在遭受过几次不平等条的欺压之后，也学聪明了。

田媛第一次赶他出门是个晴朗的夜晚，他背起背包头也不回就走了，直到田媛第二天服软，发短信叫他回家；第二次是个刮着沙尘的夜晚，他背起背包头也不回就走了，刚到楼门口田媛就服软了，发短信叫他回家；第三次则是个雷雨交加的夜晚，邵舶看了看窗外的电闪雷鸣，又看了看田媛，对她说你也太不人道了。田媛噗地笑了，当即服软。

邵舶说，他觉得两人相处就是这样，不管当初有多心心相印，在一起之后都会产生很多问题，毕竟人和人不一样，谁在谁眼中没个不可理喻的地方？但那些能把人气炸的不可理喻，在磨合个成百上千次之后没了，这时候两人就成了。甚至在有一天明白对方的心意之后，这些不可理喻反而会让人觉得可爱。就好比田媛老赶他走，他后来也明白了，她其实特怕他走，她其实想让他死死抱住她，说他不走，说他永远都不会走。

邵舶老是念叨可惜，是因为他感觉他们本来就快成了。

///

他们租房合同到期前一天，也就是他们分手的前一天，邵舶突然让我陪他去一趟潭柘寺，说他想和田媛在分手之前去一次。我推托说，叫我去不合适吧。邵舶让我一定要去，他怕只面对田媛一个人容易难受。

那天，邵舶和田媛在潭柘寺把所有神佛都拜了，从上午十点一路跪到下午四点。他们腿不软，我站着等都腿软。邵舶对田媛说："我给你求了一年好运，事业感情、前途命运都包圆儿了。你今年要过得好了，一定记得来还愿，别把我撂下了。"田媛笑着说："你也记得要来还愿。"临出门时，田媛看见一个求签的地方，非拉着邵舶跟她去求签。

"你给我求个签吧，我也给你求一个。"她说。

"只拜佛，不求签。"邵舶笑着拒绝了。

"为什么？"

"我手气不好，怕给你求坏了，你给我求一个就好。"

"那你不怕我给你求个下签？"

"不怕。"

"求一个吧，算是祝福我一下。"

"……"

"邵舶，我们明天才分呢，你今天还得依我。"

"好吧，"邵舶妥协了，说，"你想求什么？"

“求我们以后的姻缘。”

邵舶一愣，点了点头。他将签筒放在胸前，郑重其事地闭上眼睛伫立了片刻，才小心翼翼地举起来晃了三晃。一根签投了出来，他找旁边的解签师父一兑，是支上上签。“靠，早知道就给我自己求了。”邵舶眯着眼说，“花光了我半生运气。”说完哈哈大笑，笑完又说，“该你给我求了，心诚点儿啊。”

“不求了。”田媛说。

“为什么啊？”

“我怕给你求不好。”

“你刚不还说……”

“我不求。”

邵舶笑着捏了一下她的脸，正准备拉她走时，田媛突然捂着脸哭了起来。

“怎么啦，媛儿？”邵舶赶紧围住她，扒开她的手问。

“我不想跟你分开。”田媛哭着说。

邵舶怔怔地看了她一会儿，转过身，对着天空说了一句“靠”。等转过来的时候，已经双眼通红。“媛儿啊，你怎么这么傻。”他说，“快别哭了，别人都看着呢，条款上不写着呢吗，咱们得在不丢脸的情况下……”

“我不傻，我要是跟你分了才傻。”田媛拉着邵舶的手说，“你多带我去几趟阿姨家好不好，你让我再多试几次好不好，我保证阿姨会喜欢我的。”

邵舶一愣，眼泪“唰”的一下出来了。他抹了一把脸，又紧闭双眼摆了摆手说：“媛儿你别说了，我他妈就不是个东西。”还没说完，刚擦干的脸又添上了两道泪痕。等平静一些了，他说：“媛儿你冷静一下啊，你现在就是马上要分了，不习惯，等挺过去就好了。等挺过去了，我当你的好朋友，到时候一样能照顾你啊，你要觉得朋友太疏远，到时候就叫我一声哥，我认你做个妹妹……”邵舶说着，连自己也听不下去了，转过脸哭了起来。

“你是不是铁了心不想要我了？”

“不是，媛儿，你知道我不是。”

“是不是因为我姐跟你传话，说我妈嫌你让我吃苦？”

“……你什么时候知道的？”

“我妈懂什么，”田媛说，“她自己都不幸福。她说的那些话都是虚的，什么叫她不想让我吃苦，我要找个不让我吃苦但是一分钱不给她花的，你看她愿不愿意，早跟我断绝母女关系了。邵舶，我从小就是吃苦长大的，什么是苦，什么不是苦，我自己心里最清楚。跟你在一起，我从来没觉得我是在吃苦。”

“可我总是惹你生气，把你惹哭。”

“生气是生气，我也老惹你生气，你也没少哭。可这不是吃苦，过不想过的日子，做不爱做的事，跟不喜欢的人在一起才叫吃苦。邵舶，你相信我，你从来没让我吃过苦，一分一秒都没让我吃过苦。”

……

他们就这样抱着，在潭柘寺里又哭了起来，完全不在乎我受得了受不了。周围有一大堆人围观也不好意思去赶，只能咳完这个咳那个，为了让他们意识到要赶公交车而结束得早一点儿。

///

经历过这一集《邵舶和田媛的日常》，我再没敢和他们一起出去过。后来邵舶说这只是丢人的，我还没见过他们恶心人的呢。所以当他通知我当他伴郎时，我一点儿都不觉得惊讶。我觉得吧，谈恋爱是一回事，过日子就是另外一回事了。多少人的感情是被生活中的小事打败的，但这并不代表小事在爱情面前有多厉害。因为邵舶和田媛，我又开始兴高采烈地武断起来。那句话果然没错：一切想打败爱情的，都是小事；一切能被小事打败的，都不是爱情。

诚实努力
天天向上

我从来就没有变，我只是催生出了一个保护自己的人格。他潇洒、坚强、无所畏惧、死皮赖脸，对外面的世界兵来将挡，水来土掩。

错误的人什么都没有留下，只教会了我们惩罚对的人的方法，比如一段突如其来的倔强，比如一场没有终结的冷漠，比如一次轻而易举的离开。

其实我们都是悲惨的，只不过悲惨的方向不一样。

做人真难。遗忘要靠自我强迫，勿念要靠自我堵截。默念千百句已经不爱你，抵消数十秒突然的牵挂。过往明明被全部打包走，却散了一地扫不去的碎片，瞥一眼，算一次浩劫。刚收拾好满地惊慌，一抬头，回忆那只长满手的鬼，却蹲在下一个漫漫长夜里，正对你虎视眈眈。

上帝无暇
顾及的人

我原先有个很大的毛病，经常无缘无故同情人。这倒不是说我经常往乞丐的碗里丢钱，实际上我隔三岔五就活在连讨钱的碗都买不起的日子里。我同情的往往是身边的人（包括我自己）。比方说讨教过题目却不能举一反三、学到凌晨成绩却不见起色的同学，或者通宵加班次日仍交不出东西、开会发言积极却被老板无视的同事。

当然，我知道无缘无故同情人是很不礼貌（甚至很残忍）的，但这并非出于我的妄自尊大，而是我天生的悲观主义，就像家贼一样难防。我最多能做到的是不在明面上表露丝毫，如同在街上见到令人揪心的人或事坚持目不斜视。

这些年好多了，我逐渐了解到每个人都有各自的活法，有各自的缺陷，也有其对应的解决方式。前两年我还未摆脱朝九晚五的时候，因缺乏生活经验，同情心异常泛滥，就连看到一些同事发的微博都浑身难受，尤其是董冉发的。

我对她的一条微博印象非常深刻，大意是："蓝羊书坊并没有传说中的那么难找，只是那位跟我一样喜欢库斯图里卡的店长回上海了，而店名也改成了蓝羊咖啡。我点了一份焦糖布丁，感觉店里的音乐和书实在不相配，没等店员上甜点，我便埋单起身离去。"

这条微博让我浑身难受的原因是，现实中的董冉并不是这种类型的姑娘。

///

董冉很穷，连她高跟鞋发出的噔噔声都很穷。

这么跟你说吧，董冉是公司里为数不多每天都要擦香水的姑娘之一，但她擦的香水和商场卫生间里的芳香球是同一种味道。她喜欢写一些清新的文字配她的自拍照，但统一被滤镜染成阿宝色的照片中，破坏氛围的除了边角露出的一次性筷子，最不配合的是她的神情与相貌。

请相信我，我一点儿都不讨厌她，我也不认为她不能追求生活品质。但这正是让我难受的地方，对她如实的客观描述，连读起来都觉得是在讽刺。

可董冉就是这样一个姑娘，这样的姑娘里有一个叫董冉。

她在公司的群里不是炫耀男神竟然想跟她搭讪，就是嘲笑山炮居然敢跟她搭讪。同事们都心照不宣，随便附和两句也就敷衍过去了。真正让所有人再也忍受不下去的，是她在群里炫耀工作的那次。

那是董冉第一次，也是唯一一次被分派去给一位一级客户写案子。她之前写的案子都可有可无，对接甲方的钱可赚可不赚。这个大案子，她在群里提过无数次，用尽各种方式。有开门见山的，有侧面描述的，有无意漏嘴的，有请教前辈的，还有抱怨这位客户是死八婆的（女客户，据说是老板的亲戚）……

就因为这件事，某个实在听不下去的同事专门开了新群来吐槽董冉。随着董冉在老群里变本加厉的精神攻击，加入新群的同事越来越多，到最后连一向劝我们做人要厚道的何夕也招架不住了，每天来跟我们一起净化心灵。

但这个新群只活跃了不到两个月，因为一件发生在董冉身上的事。从那以后，我们都不忍心再吐槽她了。不论董冉再说什么，我们都默契十足地恭维艳羡，实在听不下去了也只是转移话题，不会再追问细节。

///

董冉有一个男朋友——至少我们私下称他为董冉的男朋友，叫岳向。岳向戴无框眼镜，经常来公司接董冉下班，见到我们会憨笑着打招呼，外表属于那种因为性格好而不会被评价为丑的平平长相。董冉坚决否认跟岳向的关系，她说岳向顶多算是她来北京找工作的同乡，连朋友都算不上。

因为下班有一段顺路，我们经常会跟董冉和岳向一起走，但董冉喜欢走在其他同事身边，永远和岳向隔着至少两米的距离。岳向则一言不发地跟在我们身后。转过头照顾他的视线，会看到他对着我们憨笑。印象中董冉一次也没回过头，像是不在乎他会不会跟丢，又像是确定他怎么也甩不掉。

那件让我们不忍心再吐槽董冉的事，就跟岳向有关。

某天早晨，早到公司的同事在董冉桌上发现了一束花。那束花看样子得上千，很大，几乎占满了她的整个工作台，花下面挂着一张写有生日快乐的卡片，署名爱德华。我们这才知道，那天是董冉的生日。

但同事们根本不关心她的生日，只关心这束花是不是董冉自己买的。为此大家还在新群里设了赌局。赌局一开，有人围着花研究卡片上的字迹，有人查董冉和爱德华的联系。群里只有一两个同事认为花不是董冉买的。他们的理由是，董冉买不起。

十多分钟后，董冉来了，由远而近的噔噔声把那些围在她桌边的人都吓了回去。等她走进公司，所有人都坐在原位上，装出一副认真工作的样子，好像谁也没有发现那束花，公司里简直比老板来视察还要安静。

一句话在新群里出现，弹到每个人的电脑桌面上：“别看她，别说话。”接着，新群里又弹出一个用董冉的自拍照做成的表情，旁边配着一句：“哟，这是谁送的呀！”我听见身后传来“噗”的一声，旁边的同事甚至趴到了桌上，身体因为憋笑而剧烈颤抖。

高跟鞋的声音从公司门口传到了她的工作台前，猛地停下了。

“哟，这是谁送的呀！”

董冉声音刚落，所有同事都爆笑起来，何夕的笑声最大，隔着他办公室的隔音玻璃墙也能听到。何夕笑着推门出来说：“董冉，生日快乐！”所有同事也跟着鼓掌祝她生日快乐，有些问她是谁送的花，有些怪她怎么不早点儿说，还有些吵着让她请客。大家被欢乐的气氛感染，竟渐渐真心了起来。

董冉笑得满脸通红，说：“谢谢大家，可惜我今晚要和死八婆开会，不然就请大家吃饭了。这样吧，今天的下午茶我请了，请大家吃水果！”

同事们又起了一阵哄才满足，也不再追究那束花是谁买的，重新回到座位上开始工作。让大家都没想到的是，这并不是当天的高潮。

下午三四点钟，等着下班的我们正昏昏欲睡，一声欢快的叫喊敲开了公司大门：“水果来喽！”所有人都朝门口望去，董冉也迈着欢快的小碎步迎了过去，谁知她刚走几步就停了下来，望着门口提着水果的人发愣。

送水果的那人头戴红色鸭舌帽，身穿红色短袖衫，外边套着一件黄色马甲，马甲上印着两行绿色大字：好新鲜水果超市；外送电话：186××××××××。他笑吟吟地看着董冉，掂了掂手里几十盒切好的什锦水果。

我们还不知道什么情况，只看见董冉浑身颤抖，脸比我们祝她生日快乐时还要红。她瞪了那人一会儿，拉着他就要往出走，只听见哗啦一声，那人手里的水果全部掉在了地上，有几个盒子弹开了，汤汤水水洒了一地。那人视而不见，径直越过董冉走到她的工作台前，指着那束花问："谁送的？"

我们仔细一瞧，这才发现那人是董冉的"男朋友"岳向。

这时，刚开完会的何夕回来了。他看了一眼脚下的水果，又看了一眼岳向，皱着眉环顾四周："怎么回事？"

"没事没事。"董冉过去拉着岳向的胳膊，有气无力地说，"走走走，出去说。"

"谁送的？"岳向甩开她的胳膊，仍然站在那里不动。

何夕火了，冲过去揪住岳向的衣领冲他吼道："撒什么野！滚出去！"顺势往旁边一甩，差点儿把岳向摔倒，又一脸关切地问董冉："你没事吧？他怎么你了？要不要叫保安？"

董冉见有人给她撑腰，鼻子一酸，却在眼泪掉下来之前冲何夕摇摇头，又指了指门外，岳向便随着她高跟鞋的噔噔声走了出去。但他俩随后的谈话还是被我们知道了，只因现在的写字楼隔音实在不好，加上楼道里的混响，他俩的对话被我们听得一清二楚。

董冉一进楼道就冲岳向吼："我不是让你换个正常短袖再来吗！"

"你先说花是谁送的。"岳向依旧抓着这件事不放。

"怎么，我连花都不配收吗？别人给我送花怎么了，你有能耐你送啊！"

岳向语气明显软下来了，他说："我的信用卡不是给你了吗？"

"你的卡额度就两千！"岳向语气一软，董冉就硬气起来，恶狠狠地冲岳向吼，"我昨天去买包，人家说额度不够，你知道我有多丢脸吗！我买不了包给自己送个花可以吗，可以吗！”

五分钟后，董冉回来了，高跟鞋的声音依旧坚挺。

何夕清了清嗓子走过去逗她：“没事吧？晚上还想不想跟死八婆开会呀，不想去我就给你推了。”

董冉笑得跟个媒婆似的：“去呀，哎哟，老大你别担心我了，我没事。”

从那以后，我们除了那天在新群里讨论要送董冉什么生日礼物之外，再没有吐槽过她。何夕也嘱咐说以后别背后说她了，大家都是在外边打工的，都不容易。有时候人们真挺奇怪的，盼着不待见的人出丑，等那人真出丑了又宁愿没看到。董冉倒是比我们恢复得还快，第二天依旧在老群里说说笑笑，真跟什么事都没发生一样。我们反而为此庆幸，如果她沉默不语，我们就更愧疚了。

///

快到月底的时候，董冉突然在老群里宣布要辞职去蒙古国的首都乌兰巴托，走之前想请我们吃一顿。我们问她为什么这么突然，她说人生苦短，旅行不就是要说走就走吗。还没等到她请客那一天，人事那边就传了出来，说董冉其实是被公司开除的，据说等遣散费都没有给。

她被开除和她生日那晚去跟死八婆开会有关。董冉写的策划案属于没有“干货”，做五十页 PPT（幻灯片）都扯不到重点，云里雾里的那种。公司之前也睁一只眼闭一只眼，直到那天晚上她撞到了死八婆的枪口上，摔她的策划案，说这种看不懂的东西，一看就是工资不高的人写的。董冉被开，原因并不在策划案，而在她不该跟死八婆还嘴说：“你有钱可不可以花钱买一点儿智商。”

何夕为此跟公司求过情，但董冉得罪的客户跟老板有亲戚关系，董冉实在罪无可赦。求情不成，何夕只能问自己朋友所在的公司有没有空缺职位。结果董冉倒是拒绝得很潇洒，说她要先去乌兰巴托净化一下，以后在不在北京还不一定。劝也不成，何夕只能让我们假装不知道她被开，帮她维护她所在乎的最后一点儿尊严。

///

离开那天，董冉刚把请客吃饭的地点发给我们，我们就傻眼了——是三里屯的四叶。虽说四叶人均花不了几个钱，但请客的是董冉，而且我们要十多个人，还是觉得有些过意不去。何夕劝她不必在我们这帮吃惯了沙县“料理”的“山炮”身上破费，董冉无论如何也不依。我们开玩笑问，她是不是被哪个土豪相中了。董冉笑得颊色潮红，说等她品位尽失那天再说。

那顿饭我们吃得很伤感。大家看着董冉的笑容，突然就想真诚地祝福她一路平安，也希望她净化完能回到北京。

人就是这样，不论谁，只要相处久了都能产生感情，也因此，不论谁从身边离开都会伤感情。说得更露骨点儿就是，这跟人的好赖无关，离别的伤感多只为离别本身。即便是去火车站送仇家，看着一个远去的背影也会有所触动，甚至想要冲上去为过去的不友善道歉，甚至想要用一个结实的拥抱来尽释前嫌。

这种伤感的氛围，终于在董冉去前台结账时，被一种令我们更难受的情绪代替了。一位刚去厕所的同事做贼似的跑回来跟我们说："完了完了，我刚路过前台，听见服务员跟董冉说，她的卡刷不了。"

大家七嘴八舌议论了一会儿，一致同意 AA 制，这样分下来一个人估计不到两百。这时候何夕说话了："董冉肯定不会让你们 AA 的，等她回来我悄悄去结了，她要不问就算了，要问你们就起哄说是当头儿的给手下送别，天经地义。"所有人都带着夸奖的意味调侃何夕，说跟着他果然是跟对人了，还有几个思路邪恶的问他是不是对董冉有意思。

正说着，董冉回来了，高跟鞋的噔噔声依旧响亮，脸上也恢复了往常的神采，比以往还要用力。我们也和她一样，装作什么事情都没有发生。董冉一坐下就叫服务员过来加一些甜点。我们连忙说不用，太破费了。董冉不依，非要让我们每人都点一道，我们见没办法，就又随便点了点儿东西。

这时候何夕的椅子慢慢往后滑了两步，他站起来刚准备离席，董冉就很警觉地问："你干什么，坐下。"

"怎么跟你的领导说话呢？"何夕装着发火的语气讪笑着说。

"谁不知道你一站起来就抢单啊。"董冉也讪笑着回他，"说了我请，坐下。"

大家都哈哈大笑起来，何夕没办法，只能笑着坐回去。但是，从我们吃上甜点开始，董冉就不对劲儿了，不是频频擦汗就是左顾右盼。等我们把甜点吃得差不多了，董冉的魂也丢得差不多了，只顾盯着手机发信息或者看时间。

有同事打趣问：“怎么今天你家岳向没来？”

董冉脸“唰”的一下红了，一副恼羞成怒的样子回嘴：“我请客关他什么事。”

同事识趣，没再说话。这时候何夕冲我使了一个眼色，我知道这眼神的意思。我冲他点点头，对在座的各位说：“我要去上厕所，你们谁去？”

何夕赶紧接茬：“我去我去！”

我们刚准备站起来，董冉手机响了。她弹起来一把抄起手机和皮包，一边快步往外走一边压低声音冲着电话吼。剩下的人正盯着她的背影发愣，我跟何夕对望了一眼，也跟了出去。何夕跟我拐过大厅来到走廊，发现前台站着一个身影，正摘下无框眼镜擦汗。董冉高跟鞋的噔噔声像杀人一样冲他踩过去。我跟何夕对视了一眼，是岳向。

董冉气急败坏地掀了他一把，吼道：“你怎么才来！”

“太堵了，出租车过不来，我是到团结湖下车跑过来的。”岳向边说边从衣服口袋里掏出一沓子钱，问：“一千五，够不够？”

“你的卡额度不是两千吗？怎么会刷不了！”

“你买花不是花了八百吗，忘啦？”

董冉没再说什么，刚准备抓过钱往我们这边走过来，我跟何夕扭脸就钻进厕所了，等我们假戏真做，真的撒完一泡尿出来时，却发现董冉没有离开，坐在前台附近等桌的椅子上，怔怔地看着地板流眼泪。

何夕跟我对视了一眼，决定回到餐桌上，假装没有看见。五分钟后，董冉回来了，我们竟听不到往日伴随着她的噔噔声。尽管她已经补好了妆，却仍能看出像是失了魂一样。她有气无力地问我们还需要加点儿什么。所有人都说不用了，吃得太饱了。董冉扫了我们一圈儿便不再劝，优雅地抬起头，面带着像是训练过几百次的完美微笑对着服务员甩了两个字——埋单。董冉说得铿锵有力、不徐不疾，像是终于了了一桩心事。我们悬着的一颗心也放下了。谁知那天晚上，董冉在何夕的车上崩溃了。

何夕开车送董冉回家的时候，董冉坐在副驾上一句话都不说，只是开着车窗望向窗外，和广播里矫情的音乐相得益彰。我坐在后排难受极了，好几次想在后视镜里问问何夕该怎么办，却因为夜色太暗无法跟他对视上。我不知今晚令董冉哭泣的事大是不大，不知这种场合下如果去劝该是不该。

“董冉，”我还是忍不住了，问，“你还好吧？”

“还好啊，怎么了？”她说。

“没，看你不说话，以为你伤感了。”

“哈哈，确实伤感，我刚在想《乌兰巴托的夜》里的歌词。”她顺了顺被风吹乱的头发，说，“不得不说左小祖咒真挺牛的。”

“什么歌词啊？”

“就那句，‘连风都不知道我……连云都不知道我’。”

“哦。”

隔了很久，董冉突然又说：“你们有没有觉得上帝挺不公平的？”

“怎么不公平了？”这次换何夕说话了，他握着方向盘问。

“让幸运的人更幸运，让悲惨的人更悲惨，要人似的。”

“我前年离婚的时候也是这么想的，现在倒不这么觉得了。”

“你当然不觉得了，你是幸运的那个，有车有房，还有北京户口。”

“不能这么说，其实我们都是悲惨的，只不过悲惨的方向不一样。”

“不一样的。”

“小冉啊，”何夕叹了一口气，望着前方的道路说，“有些话我知道你们（为什么要说‘们’字）不爱听，而且我知道很难听，但我还是希望你们能听进去。你们想要高端的生活、洋气的爱情，这些都没错。我们都是来大城市打工的，谁想要的不多？但想要的念头跑得比我们快就不是好事了。有些东西太早了，我们目前得不到；有些东西太远了，我们这辈子也得不到。

“其实不是上帝不公平，而是他无暇顾及这么多人。那怎么办，他不顾及我们就不活了啊？是，有些东西别人天生就有，而我们没有，可能努力了一辈子也没有。虽然我们可以骗别人说我们也有，但不能把自己骗过去，以为我们本来就有，就应该有，没有我们就不是自己了。反过来，我们本来就有的，就一定要珍惜，那些要是没了，我们就连自己都不是了。

“既然上帝无暇顾及，我们就更要顾及自己了，是不是？”

董冉冷笑一声，说：“可有些人真的什么都没有。”

“不会的。”何夕说，“人人都有值得珍惜的东西，你看，他（说我呢）有他的梦想，你不是也有吗？你还比他多个爱你的岳向呢。”

“没了啊，”董冉语调一转，像是在为一件很荒唐的事发笑，“谁说我有岳向了？我没了啊，我什么都没有了啊。”还没说完，她就捂着脸恸哭起来。我们从未见过董冉哭，都知道她是那种越被数落，头抬得越高的人。所以当她把这么狼狈的一面露出来，我们就知道她怕是真的因为什么事撑不下去了。

何夕赶紧把车停在路边，问董冉怎么回事。董冉抬起头用力摇头，睫毛都给甩歪了，不停地重复她没岳向了，她什么都没了。等气缓上来了，才断断续续哽咽着说，岳向吃饭时跟她说要走了，要离开北京了，说他妈给他找了个对象，让他回老家结婚去。这就是我们看到她在四叶等桌的椅子上哭泣的原因。董冉边哭边说她后悔了，说她当时应该祝福岳向的，而不是让他滚。

///

那是我们最后一次见到董冉。她去乌兰巴托的消息，也是我们从朋友圈和微博上判断出来的。半个月后，董冉的旅行照陆续传了出来，照片基本上都是草原，配文依然具有她的特色，不是净化心灵就是平安喜乐，不然就是心是孤独的猎手、不能承受生命之轻云云，再不就只有一个句号，甚至还有我们看不懂的蒙语（刚开始以为是蒙语，后来有同事查蒙语查不出意思，才知道她发的是藏语）。很快，我们就对她照片里千篇一律的大草原失去了兴趣，等那股离别的伤感彻底散尽，有好几个同事还嫌烦，屏蔽了她的账号。

就在我们快要忘记有董冉这号人存在的时候，她又一次成了我们所有人的话题。某天，一位同事在群里发了一条新闻链接，问我们新闻图片上的人像不像董冉。等我们点开链接时脸都白了，照片上的女生虽然打着马赛克，但隐约能看出来和董冉很像。我们这才意识到，董冉已经好久没有更新动态了，而那条新闻的标题是“北京女子独游乌兰巴托遭强奸”。

我们给董冉打了无数个电话，不是关机就是打不通，不论我们在什么地方留言，她都没有回复。就在我们准备联系派出所时，何夕通过好新鲜水果超市的外送电话联系到了岳向。

“你看新闻了吗？”何夕问。

“什么新闻？”

何夕不知道怎么开口，琢磨了半天，问：“董冉回来了吗？”

“回来了啊，前几天就回来了，昨天还跟我一起吃饭呢。”

“啊，那她没事吧？”

“能有啥事啊。”

“哦，没事就好。”何夕一边说一边跟我们打了个 OK 的手势，准备跟岳向说一些结束用的寒暄，“我们还说呢，怕乌兰巴托不安全，那她平安回来就好。”

“什么乌兰巴托？”

何夕一愣，说：“就……乌兰巴托啊，蒙古首都，她不是去那儿了吗？”

“她没去乌兰巴托啊。”岳向说，“她去坝上待了几天。”

“坝上？”

“对啊，京郊坝上啊，好多大草原。”

///

半年后，有同事说在五道口碰见董冉了，她和岳向正牵着手逛商场。她脸上的妆依旧浓厚，身上的香水味依旧浓烈，高跟鞋的声音也依旧响亮，和以前相比没什么太大变化，除了脸上的表情比以前更平和了些。正当同事想叫住她时，她和岳向笑着与这位同事擦肩而过，像是不认识似的。

痛经

离开上海那天，朋友们都来送我了，除了冰儿。临登机前，冰儿发来一条短信，说她痛经，不能来机场了。她祝我在北京过得好，祝我在北京也能交到“和冰儿一样的朋友”。呵呵。我站在自动人行道上，把微笑留给上海。

我当然知道她在骗我。什么痛经，她的经期根本没到。

我们所有人，不论男女，都清楚冰儿的经期在什么时间区间。她的经期布满雷区，不小心忘记就会祸害整个上海。几次教训之后，我们都在手机里下载了计算经期的App（应用）。每到她“布雷”的前几天，App就会提醒大家做好防护准备：不要开她玩笑，不要翻她白眼，不要吃她豆腐，尤其不要说她胖，如客观条件允许不要在她身边逗留超过三分钟。

久而久之，我们也有了和冰儿经期保持一致的生物钟，每个月的那几天也会产生不同的生理反应：脾气差的会变成好好先生，嘴巴贱的会学着口吐鸡汤，爱吃辣的会试着口味清淡，常去便利店的会顺回来几片暖宝宝。

但冰儿以此变本加厉，常拿痛经作为她推辞和耍赖的官方借口。尤其是当她跟肖川在一起之后，曾以痛经为由推掉三次我们的周末聚会，一个月内。

尽管如此，我们谁也没亲眼见过冰儿痛经的样子。虽然她常像个吹嘘往昔的没落英雄一般，眉飞色舞地讲述痛经时的症状——痛经总共分三痛。第一痛，子宫自带的杂耍团表演盆腔碎内脏。第二痛，子宫自带的石磨把碎好的内脏磨成肉末。第三痛，子宫自带的榨汁机把磨好的肉末榨成血糊。

男生们吓得冷汗直流，纷纷表示如果下辈子是女人，就想办法在青春期前安乐死。我们想不通上帝为什么会将女生构造成这样，既然世上没有无缘无故的爱和恨，那为什么要有无缘无故的疼，而且是每个月一次。

关于女生，关于冰儿，我们想不通的事情还有很多。

比方说她答不上来为什么有打雷下雨，为什么有冬天夏天，却能根据星座把一个人的下半辈子算出来；比方说她不知道历史上最显赫的人物姓什么，却能记得她为每一个毛绒玩具起的英文名；比方说她不关心世界各地正在上演的人间惨剧，却会为身边无关紧要的小事难过得要死。

印象中最让我想不通的，发生在我走之前的一个星期，为她庆生那天。我们一帮人正在点蜡烛，冰儿一个人盯着窗外，看着看着就捂着脸哭了。那是她第一次在我们面前哭。所有人都觉得莫明其妙，问了半天，她才指着窗外小声说："树叶黄了。"只可惜我们不是漫画里的人物，不然下一格就是集体摔倒的场景。我说："能不能正常点儿，当你是林黛玉呢。"冰儿擦擦眼泪又笑："不知道我是复兴西路小黛玉啊。"我一时得意忘形忘记雷区："你是空有林黛玉的心，没有林黛玉的颜。"那天晚上我用尽毕生搞笑绝学，才让上海躲过一劫。

///

说句不地道的话，刚认识冰儿，跟她还不大熟那会儿，我曾纳闷这个以痛经挟持人们拿她当公主的姑娘，怎么可能会有朋友；也曾无数次想问她，是不是真的把自己当成了公主。冰儿最具公主特色的一项是她的敏感，当然，女生大都敏感，但冰儿的敏感真的是国家级的，什么事对她来说都是二十床被褥下的那颗豌豆，能在她的身体和心灵上硌出印子来。

她第一次约我吃晚饭那次，我就不幸领教了她的公主大招。快吃完时正巧主编叫我回公司打样，结完账我就先走了。等打上车无意往餐厅望了一眼，这才发现冰儿伏在餐桌上哭。我张了张嘴，心情同周星驰看见皇上后宫挖着鼻孔的三千佳丽时的一样：不是吧……

我曾因为这件事，以为冰儿喜欢我（是的，自恋是我的一贯作风）。就连她说她暗恋公司里一位男同事，我都以为她是在借此跟我表白。这真不能怪我自作多情，她描述那位男同事的方式太奇怪了，她不肯透露那位男同事姓名的举动也太刻意了。冰儿像戴着宝冠的紫霞仙子一般，用一副等待梦中情人来迎娶她的表情，描述着她的白马王子："他跟你一样自负，嘴贱，不要脸，但他跟我有默契，完全能听懂我在说什么，这一点跟你也很像。"

"你说的……不会是我吧？"我吞了口唾沫，红着脸认真问。

冰儿的脸也唰地红了，我能从她羞涩的眼神中看出，此刻她一定觉得天旋地转。她呼吸急促地看着我，说："请不要，侮辱我。"

我忍住愤然离去的冲动，问："那你告诉我，他是谁？"

"好，但你不能告诉别人。"

"只要你说得出来。"

冰儿舒了一口气，定了定神，说："肖川。"

我顿时觉得天旋地转，呼吸急促地看着她，说："请不要，侮辱我。"

肖川是我们公司里的美编。他的长相属于那种可以把跟他视频通话作为真心话大冒险中大冒险的项目。

"他一定有过人之处。"我说。

"当然了。"冰儿笑着说，"你输了。"

"我输了。"我也笑着说，"输得心旷神怡。"

但冰儿和肖川在一起的消息还是在公司不胫而走，据说是肖川本人透露的。不过我们也能理解肖川，毕竟能跟冰儿在一起，属于上天还他的一个很大的人情。相比肖川，我们更不理解的是冰儿，不知道她喜欢他什么，但我们从来不怀疑她的真心，这种喜欢是假装不来的，这种喜欢，让我们对生态的多样性有了更深刻的认识。

///

当我逐渐承认冰儿有很多讨人喜欢的优点，逐渐承认冰儿朋友多是理所应当的时候，冰儿却因为肖川，逐渐远离了我们的圈子。我们分社做一本外文杂志，编辑们身上都沾染了一些自认为很酷，实际上很蠢的外国人习惯。跟肖川在一起之后，冰儿一拒绝我们的邀约，我们就会举起双手，用手指在空中弯出两个双引号：冰儿又“痛经”了。当然，这些冰儿不知道，否则得杀了我们。

渐渐地，冰儿在私下里出现得越来越少，我们也越来越想念她，喝酒时聊的天也越来越和她有关。我们不得不承认，有时候反倒会想念她经期时的那些无理取闹，想念她逼着我们去她家喝光她做的香蕉牛奶，想念她随时随地举起手机照相时的咔嚓声，想念她边听小野丽莎边跳舞时的那副蠢样。

冰儿喜欢小野丽莎到了发狂的地步，会因为旁桌不认识的女生把约翰·列侬的老婆小野洋子说成小野丽莎跟她大干一架，会为了给小野丽莎捧场买一堆票逼我们去听她的演唱会。那是我们这辈子听过的最无聊的一场演唱会，每一首歌都一样。撑到最后，我们终于明白为什么咖啡厅经常放她的歌了，因为一听到她的声音，人们就想喝咖啡提神。

但冰儿还是一如既往地喜欢着小野丽莎，喜欢到可以在上厕所的时候边听边哭。这是一位加晚班上厕所的女同事碰巧听到的，她刚一进厕所就听到隔间里传来小野丽莎翻唱的“Danny Boy”，然后是冰儿带着哭腔跟着唱了两句，唱不下去后又自言自语了一句：“不能哭。”直到很久以后，我才知道这句话是冰儿的口头禅，只有在周围没人的时候她才会说。

那段时间，冰儿似乎变了一个人，整日无精打采，因而被主编批评了不止一次。我们问她什么原因，她也不说。只是那段时间，冰儿每天中午吃完饭都是红着眼眶回来的，回来后就坐在电脑前一动不动，直到下班。

两个月后，冰儿又渐渐回到我们的圈子当中。标志之一是，她又邀请我们去她家玩了。在某次去她家玩牌的过程中，她疯狂地对着牌局上的我们拍照，说那天的阳光特别好，特别适合拍照，拍了一会儿便不拍了，静静地坐在我们身边看着我们玩，突然就笑出了声。我们被这恐怖的一幕吓住了，问怎么回事。她把脸埋在抱枕背后，笑着说不告诉我们。在我们的逼问下，她终于肯说了，并让我们先保证不会嘲笑她。她说，她刚才看了一眼窗外的梧桐树叶，觉得好绿啊，突然就觉得，这可能是她一生当中最好的时光了。我们问她，为什么是最好的时光。她说，她住着从小就向往的老洋房，CD 里放着她最爱听的小野丽莎，最重要的是我们都在她身边。说完，她指着我们说不许笑。我们哪有时间笑啊，光顾着吐了，吐完接着玩牌，不再理会她。但我还是瞧见有人往窗外瞥了一眼，于是也不由得跟着看了看。

那些梧桐叶真的好绿啊。

///

再一次见到冰儿是一年以后，我去上海出差。因为第二天就得回北京，所以就没通知她。但这并不是我不见冰儿的主要原因，主要原因是，我跟她不熟了。自从离开上海，我跟冰儿联系得越来越少。也没有特别的原因，只不过不在一起生活了。生活里发生的事大都会分享给身边的人，这样说不定还能混一个拥抱。而远方的人即使为你哭泣，也起不到什么安慰作用。所以，我遇事第一个想起来的人不再是冰儿了，想必她也是一样。

我闭着眼睛坐在回宾馆的出租车上，心想，这种感觉真奇怪，明明是曾经居住过的城市，再次到来却没有见曾经要好过的人，就像一个翻墙入室却什么东西都没有拿，只匆匆看了一眼就离去的小偷。估计那个小偷也明白，他想偷的东西不在这座房子里，或者，怎么也偷不到吧。

南方的司机向来不爱跟乘客聊天，我遇到的这位不是。他从后视镜里见我闭着眼睛，便好心提醒我看路边的风景，说只有这个季节才能看到。于是，我还是不可避免地瞥见了铺满街道的黄叶，不得不想起上海还有一条种满法国梧桐树的街，那里住着冰儿这样一位会因为树叶黄了而哭泣的姑娘。

我拿起手机，想了想又放下了，让师傅直接掉头去复兴西路。

我站在冰儿家门前拨通电话，假装一本正经地让她开门。冰儿愣了下，没明白我什么意思。

“我就站在你家门口。”我说。

冰儿不信。我没办法，只好用力敲门给她听。

“你真在我家门口啊？”沉默了会儿，她又说，“可是我不在家。”

我心顿时凉了半截，有点儿恼火地问：“你在哪儿？”

冰儿支支吾吾说不清楚。

我打断她说：“那行，下次有机会再来上海找你。”说完就下楼了。

我知道她在家。冰儿家住的是那种租界的老洋房，门很薄，拨她电话的时候，我听见屋里的手机响了。

我刚走到楼下，冰儿电话又打过来了：“你上来吧，不过你不要怕。”我不知道她什么意思。冰儿有气无力地笑了两声，说：“不记得啦？我痛经。”

说不怕是假的，我看到她的样子真被吓了一跳，冰儿给我开完门，几乎是爬着回到床上的。这是我第一次见她痛经，比她所描述的还要夸张。冰儿捂着肚子半弯着腰，拨开被汗沾湿的头发，抬起惨白的脸硬给我挤了个笑，说：“不好意思啊，我是真怕吓到你。”我赶紧把她扶到床上，手忙脚乱地问她要不要喝水，要不要去医院。冰儿这时候还有心思开玩笑：“我是原发性痛经，看不好的。”又说，“要不你跟我生个孩子，生完孩子才能好。”

///

那天我们聊了很多。那天我才意识到，这个跟我相处了两年的姑娘，其实我一点儿都不了解。我问她还记不记得跟我第一次吃饭时的那次哭泣。冰儿捂着嘴大笑了一阵，说："原来你看见了。"她说那时她刚得知父母离婚的消息，一时难以接受。我又问她承不承认在公司的厕所边听小野丽莎的歌边哭。冰儿又捂着嘴大笑了一阵，说："原来你知道啊。"我说不仅我知道，全公司的人都知道。冰儿叹了一口气，说她那个时候刚跟肖川分手，原因是他出轨了。我问她，肖川长成那个样子还能出轨？她说出轨跟长相没有关系，只跟智商有关系。

"这些事你怎么不告诉我呢？"

"我现在不是告诉你了吗？"

"你当时怎么不说呢？"

"我说了又有什么用？"冰儿笑了，说，"我说了我爸妈就不离婚了吗？我说了肖川就不出轨了吗？说不说都一样，改变不了任何事。"

"起码我们可以安慰你啊。"

冰儿叹了口气，突然问："你有过痛经吗？"

"……"

"你是第一次见我痛经的样子吧？"

我回想了一下，说："是。"

"其实很多事都跟痛经是一样的。"她说，"我之所以不愿让人看到，是因为太狼狈了，而且不管别人看没看到，我都会痛得要死。我爸妈离婚，男朋友出轨，你离开上海，这些事情也跟痛经一样，我即使难过得要死也改变不了，我唯一能做的就是等难过过去。”

“我不觉得，你说出来大家就会理解，理解了你就会好一点儿的。”

“唉，要不怎么说女生比男生成熟呢。”冰儿讽刺我说，“你到现在还不知道吗？每个人的痛都是自己的，别人谁也理解不了的。”

“……可你躲着哭也不是解决的办法吧。”

“拜托，我是女的，我除了哭还能怎么办？我躲着哭已经很给世界面子了。”

“所以你上次没送我，也不是因为痛经，而是在家躲着哭？”我笑着问。

“哦，那次是真的痛经，月经不调，提前了。”冰儿也笑着说。

///

这次离开上海，冰儿坚持要送我，说要补给我一次相送，算作道歉。到机场过安检时，冰儿突然说：“你一会儿进去了可别回头看啊。”我说：“怎么了，你要变身吗？”冰儿说：“别回头比较平安。”说着，站在一旁跟我一起排队。

“你回去吧。”快到我时，我说。其实我也不大习惯分别的场面。

“好的，那你到北京跟我发短信啊。”说完，她扭头就走。

“真走啊？”我笑着喊道。

冰儿背对着我摇了摇手，背影渐渐缩小。

过完安检，我收到她发来的一条短信，是一张她拍的照片，是那年夏天我们在她家打牌时的样子。因为逆光，我们几个围在桌前大笑的人，以及她给我们做的香蕉牛奶，都只剩下一圈儿暗灰色的轮廓，唯一清晰的是我们身后那扇很大的窗户。窗外的阳光很好，映得树叶闪闪发光。我鼻子一酸，还是没忍住回过头看了一眼。冰儿正站在不远处，一边大哭一边微笑。我冲她招了招手，赶在眼泪掉下来之前转过身就走。

“那些梧桐叶真的好绿啊。”我在短信里说。

一张从过去
寄来的明信片

一年前，亦思和许伦去周庄旅行，途中寄出过四十多张明信片，是从一家名叫猫的天空之城的书店寄的，其中一张寄给了一年半后的北京，收信人是她跟许伦。“寄给未来的明信片”是那家书店的特色，他们在墙上挂满了标明日期的格子，只要将写好的明信片放进格子里，店员就会按相应的日子寄出。亦思当时想的是，许伦一年半后就回到北京了，到那时，他们就能一起收到这张代表异地恋结束的明信片了。

距离寄明信片不到半年的时候，不对劲儿了。亦思是从许伦的一条新签名觉察出不对劲儿的。跟许伦在一起的这四年里，他只改过两次签名。一次是刚跟亦思在一起，把永远年轻、永远热泪盈眶改成了我们永远在一起。一次是他去杭州读研，把我们永远在一起改成了等我回来。而这一次，他把等我回来改成了两个标点符号，一个是冒号，一个是右括号，这两个符号组成了一张可以理解成一万种含义的笑脸——

：）

他出轨了。亦思理解成了这一种。

我瞪着那张笑脸看了半天，舔了舔嘴唇问："还有别的证据吗？"亦思摇了摇头，说她知道许伦所有社交账号的密码，也登录上去看了，聊天记录、豆邮私信挨个儿排查，还是什么都没有发现。亦思说许伦知道她有密码，一定是他把证据都删了。我又瞪着那张笑脸看了半天，舔了舔嘴唇说："你看会不会这样，会不会有可能是，他没有出轨呢？"

"出了，"亦思斩钉截铁地说，"我知道他出了。"

接下来，亦思给我简要证明了她为什么能从一张笑脸看出许伦出轨。我刚开始以为她会说，因为组成笑脸的两个标点符号一共是三画，三代表小三，由此可得许伦出轨了。结果当她分析完，我不由得也开始怀疑了。

许伦去杭州以后，他们每个月都会见一面，不是她去杭州，就是许伦回北京。但上个月许伦说要备考，就没让她去，虽然亦思有些不爽，但她没有多想什么。这个月许伦说要考证，也没让她去，虽然亦思凶了他几句，但还是没有多想。直到几天前，许伦将签名改成了笑脸。

亦思说，不是笑脸有多可疑，也不是改签名有多重大，而是这个笑脸和许伦不符，不是他的风格，相当于一个吃素的人嘴里突然有了肉味。她说相处久了的人，能够发现对方任何细微的变化，甚至可以从浴巾湿掉部分的不同，推测出增添了新的洗澡动作。看到笑脸之后，亦思试探着发了句“我想你了”，一则为吵架道歉，二则每次想见许伦她都会这么说。她确信许伦出轨，也和他的回复有关。许伦破天荒地回了句“我也是”。

他以前回复的是“别让我哭啊，小傻瓜”。

///

虽然最能确定许伦出轨的人是亦思，但最不愿相信的人也是她。亦思后来笑着考我们，异地恋最怕什么。我们说的答案统统不对。她说异地恋最怕的是“惊喜”，最怕的是对方突然出现。她说，你也不知从何时起，你就从慰藉他生活的宝贝儿，变成扰乱他生活的元凶。但那时的亦思也和我们一样，不相信。笑脸出现的第四天，亦思瞒着他去了杭州。她说她不是去捉奸，也不是去抢男人。她说异地恋嘛，很难保证不出事，许伦去杭州前她就做好心理准备了。她说她就是想让他好好看看她的样子，让他记得，他还有个女人在等他。

事情和她祈祷的一样，并没有太狗血的剧情，没有抱着腿的身形，没有搂着肩的侧脸，甚至也没有牵着手的背影，似乎什么都没有改变，杭州还是那个杭州，学校还是那个学校，宿舍楼还是那个宿舍楼，连楼门口卖手抓饼的阿姨也还是那个阿姨。亦思坐在许伦的宿舍楼前等到了晚上，就在晚上的八点十八分，她终于意识到不一样了，因为许伦出现时的那个眼神。那个眼神将她因为等待而产生的委屈一扫而光，取而代之的是对感动自己这一行为的深深厌恶。

“你怎么来了？”许伦说。

似曾相识的一幕一年前也发生过。那次许伦也说了句“你怎么来了”。但那次的他有立即发红的眼眶，有微微颤抖的双唇，还有哭着跑过来抱住她的一句“你傻死了”。那次，的他将她抱得那样紧，紧得她快听不到他室友起哄的叫喊声，紧得她以为自己抛弃了广寒宫，跟着阿姆斯特朗重返了地球。而这一次，许伦什么都没有，他只是走过来淡淡地问了句：“房间开好了吗？”

亦思心里一沉，说：“没开呢。”

许伦不耐烦地叹了口气，说：“你在这儿等着吧，我上去收拾下东西。”

“不用了，”亦思红着眼眶，瞪着旁边的花坛说，“你回去吧。”

“你什么意思？”许伦眯着眼睛问。

“你什么意思？”亦思回过头来，冲他吼道，“什么叫房间开好了吗？在你心里我就那么下贱吗？”

“我没那个意思，”许伦看了看四周，压低声音说，“我没那个意思，我就问你房间开好了没，咱不能在这儿站一晚上吧。你要开了咱就去附近吃饭，你要没开我就先在网上订一间，太晚的话房间不好订，你又不愿意在我宿舍住，难不成我们轧马路轧一晚上吗？”说着，他的声音也逐渐大了起来，“不过你要是愿意的话我就不订了，我陪你轧一晚上马路，行吗，听懂了吗？”

亦思盯着他的眼睛看了会儿，感觉那双眼睛好陌生。终于，她的嗓子眼不听使唤地发出一声哽咽，下巴一抽，哭了。

“别哭别哭。”许伦眉头一皱，赶紧抱住她说，“对不起啊，我今天心情有点儿不好，你看你又没告诉我要来。快别哭了，是我不对。”

不一样了。

尽管许伦的语调像以前一样温柔，怀抱像以前一样坚实，呼吸像以前一样温暖，但亦思就是感觉跟以前不一样了。她越过许伦的肩膀看了看星空，感觉就连宇宙都不一样了。

///

第二天，亦思被门外对讲机刺耳的滋滋声吵醒了，醒来一下子蒙住了，不知自己身在何处。她盯着天旋地转的房间看了好一阵，这才想起是在杭州。她兀自傻乐了两声，刚准备翻过身抱抱许伦，却只扑着一只冰凉的枕头。亦思慌了，大叫着许伦的名字，把本来就没几平方米的房间翻了个底朝天，还是没有找到许伦。昨晚不会是做梦吧？她想。正当她准备打电话时，这才看到许伦发来的短信，说他早上还有课，去上课了，说中午去找她。她坐在马桶上，为刚才疯狂的行径感到丢脸，羞愧中夹杂着某种类似于劫后余生的喜悦。

“傻 ×。”她对着卫生间镜子里的自己说，说完又笑了起来。

头天晚上，许伦把她的所有担忧都化解了。他说签名放笑脸是因为他考了年级前三，这就意味着申请的奖学金马上就能下来了。他觉得这事如果四处招摇显得没见过世面，他又实在兴奋得难以按捺，就用个笑脸抒发一下。亦思说不告诉别人可以，怎么连她都不告诉。

“你傻啊，最不能告诉的就是你，你都工作了，这点儿钱你看得上啊？还不得被你笑死。”许伦说到一半，突然做出电视里私家侦探发现重要线索的神情，用指尖点着亦思的额头说，“你该不会怀疑我出轨了吧？”

“我没有。”亦思嘴硬，却忍不住用枕头挡住咧开的嘴巴。

“你是不是还查我的聊天记录了？！”许伦捏着亦思的脸颊说，“我就说前几天有个异地登录的通知，还以为号被盗了，原来是你！”

“没有！”亦思的嘴被捏得闭不上，含糊地喊了一句。

“天哪，”许伦放开她的脸，夸张地摇着头，装出一副不敢相信的样子，“原来你来不是因为想我，而是来查岗的！亦思啊亦思，我认识你了！”

“我说没有就没有，你好烦！”亦思大笑着举起枕头打在他的头上。

许伦一把将枕头夺过来，翻到亦思身上，用手脚捆住她的身体，一边用下巴胳肢她的脖子一边说：“看你还敢诬陷我！”

“不敢了！”亦思被闹得满脸通红，连忙求饶，“老公我错了！”

许伦又闹了一会儿，这才罢休。那天晚上，他们只是抱在一起聊了一会儿，几乎什么都没做。许伦说他得早睡，第二天上午有个很重要的实验，还把亦思的脸捏成猪的形状说，这就是她来之前不告诉他的后果。他说他下星期几乎没课，到时候再带她好好玩，问亦思想去哪儿。亦思说还想去一次周庄。许伦一开始不大愿意，但架不住亦思央求，便答应了。亦思笑着钻进他的怀里，后背紧贴着他的胸膛，容不得之间隔出半毫米冰凉。

///

这次去周庄，他们玩得并不像一年前那样尽兴。亦思把责任完全推给了风景，觉得是因为之前来过，或者是因为人多，或者是赶上了雨季，总之他俩不像去年那般，高兴得像少年儿童春游一般，看到桥下赶鸭都能合唱“快来快来数一数，二四六七八”。

去年的许伦很疯狂，他甚至制作了“爱情信物”，趁坐船时藏在一座桥下的石缝里。信物是一条红色的头巾，上面用白雪修正液写着“阿伦永远爱小思”。许伦说，指不定这里在千年之后会成为海底，到那时，人们就能像捞起“海洋之心”那样，在一条头巾上发现他们俩的爱情故事。

一年后，再次回到周庄的许伦就理智多了，理智得像一位被儿女逼着带老妈旅游的中年男子。亦思则想要重温去年的疯狂，便拉着他按照去年的路线重走一遍。许伦一开始很是惊讶，亦思竟能记得他们接吻、拥抱、合照、喝咖啡跟寄明信片的所有地点。时间一长，许伦就烦了。当亦思想要和他乘船，再看一眼他们当年藏在桥下的信物时，他终于拒绝了。

许伦找了一大堆理由，不是没意思就是不早了，再不就是太累了。也不知船家是因为没眼色还是生意确实不好，完全不理会许伦一脸的不高兴，不断在一旁劝他们上船。本来亦思对船家也有些反感，但见许伦的态度坚决得有些过分，也就铆上了劲儿站到船家这一边。他们在岸上吵了好久，最终还是船家解了围。他说再不坐就没机会了，连着好几天下雨，水位涨了许多，再过两天就钻不过桥洞了，许伦这才板着脸勉强答应。

水乡的什么都一样。房子一样，水道一样，客栈的雕花大床一样，无数家号称第一家的状元蹄也一样，就跟水乡的桥一样一样。许伦说已经记不得是哪座桥了，加上水位涨了小半米（船家说的），肯定已经找不到了。但亦思说她还记得，那座桥叫梯云桥，信物藏在左起第四块石头的缝隙中。

谁知来到梯云桥下，却根本没有石缝的踪影。许伦忍不住笑了。亦思不理会他在一旁冷嘲热讽，让船家把船靠在桥壁边上，挽起袖子就下水掏，一边掏一边用另一只手扣着桥壁往前移动，一厘米一厘米地找那道石缝。船只随着亦思疯狂的举动左右晃动。

“你有病啊！”许伦抓着船沿吼道。

亦思后来说，她也不知道当时是怎么了，像中了邪一般，就觉得一定要找到，找不到就不能在一起似的。她不顾拍在身上的水花和手臂上的擦伤，也不理会船家的劝阻和许伦的叫骂，溅得上半身几乎要湿透了，直到对面有船要过洞才肯放弃。她坐在船尾，攥紧双拳，失了魂一样看着船尾岔开的一道道水纹。许伦埋怨着掏出纸巾帮她擦脸上的水，却怎么都擦不干净双眼下方，擦了半天才发现，亦思在流泪。

“别哭啊，”许伦劝她，“找不到就算了，下回我再给你写一个。”

亦思瞪着身后渐远的梯云桥，带着哭腔说：“这是随便写的吗？”

许伦眉头一皱，说：“你怎么老曲解我的意思啊，我是说……”

“是我曲解了吗？不是你随便写的吗？”亦思转过头盯着许伦，刚刚还细密的泪水瞬间夺眶而出，“那我为什么找到了两个？”

她摊开紧攥的右手，两团湿布像两朵花苞在她手里缓慢地绽放，一朵红色，一朵黄色，似乎还冒着让人恍惚的热气，将许伦煞白的面孔映衬得更扭曲了。

///

亦思紧紧攥着那两团证据，踉踉跄跄地走在回客栈的路上。中途她停下过几次，不是等许伦，而是她忽然记不得路了。她大脑一片空白，根本不知道接下来该怎么办，只想着等回去了再说，看还有没有解释的空间，还有没有挽回的余地。她甚至想，说不定另一个布团也是许伦写给她的，甚至有可能是有人想要模仿许伦，写给别人的。想到这儿，她心里好受些了。谁知刚回房间，许伦就说了一句话，将亦思的心脏从后背轰到了前胸。

他说：“亦思，我撑不下去了，咱们分手吧。”

亦思一屁股坐到了床上。被她攥得发热的布团瞬间从让人心痛的证据变成引人发笑的玩意儿。奇怪的是，她一点儿也不觉得难过，不愤怒，也不委屈，似乎已经被刚才的那句话震麻了。许伦的嘴唇仍在翻飞，她却根本听不见他在说什么，脑子里一个声音不断在重复，

“另一个布团上究竟写着什么啊”。

就在许伦滔滔不绝地说着她听不懂的话的空当，她揭开了谜团。红色的那个写着她再熟悉不过的，几乎每天都会重温一遍的话：阿伦永远爱小思。黄色上面的话，跟那句几乎一模一样：阿伦永远爱小琪。亦思看了好长时间，突然捂着肚子笑了起来，一边笑一边为自己竟然会笑而感到惊奇。看到许伦一脸惊愕的表情后，她笑得更厉害了。

“哎，你太有意思了，”她用手背擦了擦笑出的眼泪说，“你够忙的啊，能永远爱这么多人，还是你会影分身，火影忍者吗？”

许伦低着头不再说话。

亦思又笑了一阵，说：“哎，你怎么这么二呢，你说周庄这么大，咱换个石缝藏行不行啊？你不怕我知道也不怕那位，叫什么来着，小琪知道吗？”

许伦还是低着头没有说话，眼泪却一滴一滴落下来了。

亦思见许伦哭，终于难受一点儿了。之前她最受不了的就是许伦哭，比她自己哭还难受，即使是现在，她仍讶异自己会心疼他。亦思缓了缓语气，说：“其实我早觉得不对劲儿了，自从你把签名改成笑脸就觉得不对劲儿了。我知道异地恋很难保证不出事，我在你去杭州之前就做好心理准备了。但咱们两年都能撑过去，你还有半年就回北京了，这个节骨眼上你没忍住，是不是太可惜……”

“小琪知道。”许伦打断亦思，用手背徒劳地抹了抹眼泪。

“知道什么？”亦思愣了。

许伦又不说话了。

“说啊！”亦思吼道。

“知道我也给你写过那句话，知道我也带你来过周庄！”许伦像是受不住极刑的囚犯，几乎是哭着喊出来的。

亦思突然捂紧了嘴，眼泪又一次涌了出来，胸脯起伏得越来越厉害。她已经猜到许伦什么意思了，也感觉到那股暂时让她麻木的力量就要消失了。

去年和许伦来周庄，可以在她的“人生最美好的回忆”中排进前三，但是这份回忆有可能就要消失了，甚至变成“人生最恶心的回忆”中的前三。

“你们俩什么时候认识的？”她尽力保持着冷静，用正常的语气问。见许伦不肯说话，她又问了一遍，语气比刚才还要温存。

终于，许伦开口了，但声音很小。他低着头说：“去年二月。”

一道无形的冰锥插进亦思的后背，刺痛和寒冷从她的脊椎蔓延开。亦思尽力控制住最后一丝冷静，带着最后一丝残余的希望问：“你是说，你去年跟我来周庄，是在她之后？”

许伦涕泪横流着点了一次头。

又一道冰锥落下，将刚才那道完全顶进她的心肺里。她不相信，想要再给许伦一次机会，让许伦用另外一个答案证明她刚才听错了。“你是说，”她继续问，“那句永远，你是先说给小琪，然后才说给我的？”

许伦又涕泪横流着点了一次头。

终于，那股让她麻木的力量消失了，就像麻药失去了效力一般，亦思瞬间清醒了过来，周身剩下的除了深不见底的痛，就是一望无际的冷。她像是喝醉了酒，东倒西歪着找空调遥控器，找到之后却发现，空调并没有制热功能。什么能让她暖和一点儿呢？是被子，原来是被子啊，她可真笨。她钻进被子里缩成一团，却还是觉得冷。还有什么是暖和的？是北京的暖气还是老家的暖炉？噢，对了，答案就在眼前，是许伦呀。许伦的体温比一般人高，和她比起来简直是烫的。他以前经常捂着她冰凉的双脚嘲笑她是冷血动物。可是，许伦的身体暖的可不只她一个人。想到这儿，亦思胃里产生了大量的绝望，绝望甚至已经从她的胃延伸到了咽喉，就快要从嘴里溢出来了。她赶紧翻下床沿，却什么都吐不出来，只能发出干呕的声音。

重量沉沉地压在了她的身上，让她又一阵恶心。“亦思你别吓我。”许伦抱住她，一边哭一边说，“你不知道，我是真的没办法，我不是存心骗你的，我是真的没办法啊。”许伦接下来喊出的这句话，又给亦思灯了一针麻药，她立刻就不痛了，也不冷了，除了想笑之外，她什么感觉都没有了。

“小琪是个男的啊。”许伦哭喊道。

///

在周庄折腾了两三天后，亦思终于没有力气哭闹了，也暂时抑制住了上豆瓣加入“我的前任是个极品”小组的冲动。那几天，许伦在她的逼问下，不得不向她普及了另一个世界的知识，但每次都是以她的一句“够了，我不想听了”作为结束。亦思最后悔的是让许伦给她看小琪的照片，那是一种少女漫画里才有的男生长相，如果在大街上碰到，恐怕连她也要忍不住多看两眼的长相。“我竟然输给了一个男人”。那几天只要想起小琪的样子，她就会忍不住这么想。

返回杭州的大巴上，许伦想握住她的手，亦思挣脱了几次没成功，也就依了。她坐在靠窗的位置，连看了几个小时的窗外。随着大巴从一片半个城市大小的雨云下驶离，风景的色调也逐渐暖了起来，从云层间隙甚至洒下了几道少见的让人能够联想到天堂的光束。

看到那些光束，亦思心情莫明平静了一些。她想，从严格意义上讲，许伦应该不算出轨吧，毕竟抢走他的不是女人。而且，抢这个字也过分了些，应该说带，他被小琪带走了，可带走了听着怎么这么别扭呢？突然，亦思被自己的一个念头吓住了。许伦该不会是因为她才对女人失去兴趣的吧，那她就成朋友们所说的“弯仔码头”了。亦思有点儿想问许伦，但无奈气又没消，只好拿出手机，用前置摄像头看看自己是不是真的具有那种气质。

许伦以为亦思有心情自拍，便搭话说：“你看窗外的光，可以拍下来的。”

“走开，我还不想理你。”

“……好吧，那你想理我的时候告诉我。”

亦思没有理他，靠着窗户打算睡一会儿，却因为道路有些不平，脑袋不停地撞击着玻璃，头都快磕青了。她一想到去的时候还可以靠许伦的肩膀，回的时候却不行了时，鼻子一酸，甚至宁愿没发现他和小琪的事。突然，一只温暖的大手摸索过来，将她的脑袋扶起，拢到一旁熟悉的肩膀上。亦思没有挣脱，闭着眼睛假装睡着了。片刻后，她终于忍不住了，清了清嗓子说："问你件事。"

"你说。"

"你俩一般是谁靠谁的肩膀？"

"问这个干什么？"许伦笑了。

"问你话你就答。"亦思抬起头，瞪着他说，"哪那么多废话。"

许伦又把她的头按到自己的肩膀上，说："你觉得呢？"

"我怎么知道，我对你们这个团体又不了解。"

"好吧，那我说了你不许生气。"

"我生气就不问了。"

"瞎扯，女生不都爱问让自己生气的问题吗？"

"长脸了是吧？我跟你很熟吗？"亦思抬起头，又被许伦按下去了。

"我错了，我说，一般都是他靠我的肩膀。"

亦思听完心里又一阵难过，但她一想，这个答案总比反过来要好，便没再说话。过了一会儿，她又问："你是什么时候发现的？"

"发现什么？"

"你说发现什么？"

"发现我是？"许伦笑着说，"我也不知道，可能是认识小琪之后才发现的吧，具体我也不太清楚，我是新入行的，很多事情都不了解。"

"是不是因为我？"

"因为你什么？"

"因为我你才变成……"

“不是。”许伦将她扶正，牵起她的双手，一脸认真，“不是，亦思，这是天生的，我只是发现得比较晚而已，跟你没有关系。你听我说，亦思，我那句话不是瞎说的，我确实永远爱你。之前爱你，现在爱你，以后也会继续爱你，只不过是用另外一种方式。”

亦思也回望着他，眼眶一红，说：“看来你是真喜欢他，为了他连我都不要了。”说完，见许伦没有回答，用力捏了捏他的手，问，“真那么喜欢他？”

许伦沉默了一阵，也捏了捏她的手，说：“嗯。”

亦思又靠回许伦的肩膀上，眼泪斜着从眼睛里流过脸颊，滴在许伦的衣服上。“那你要好好对他，可不敢像骗我一样骗他了，”她说，“被喜欢的人骗太难受了，比下十八层地狱还难受。”

///

事后回想起来，亦思非常希望整件事能戛然而止在那辆大巴上。她说，最起码她能成为许伦最后爱着的一位姑娘，是这个世界上、是他的生命中最特别的一个存在。但变故还是发生了，发生在亦思回北京前的最后一个晚上。她将那个晚上称作“西湖事变”。那晚的西湖有凉亭，有微风，有夜色，有星辰，如果许伦能再争气一把，就能让那晚补进亦思“人生最美好的回忆”的前三。但喝了酒的许伦，未能让她如愿。

“西湖事变”之前，亦思曾提出想要见一见小琪，许伦拒绝了。他说，小琪知道她来杭州，这几天也不好受，如果见面了估计会把事情弄得更糟。亦思阴阳怪气地骂许伦是“见同思迁”，说旧人未去，他已经开始护着新人了，直到许伦在西湖边上送给她一串黑曜石，心情才好了一些。

许伦说石头是用来求福安的，希望她在找到保护她的下一个人之前，能够一直戴着。亦思没收，她将那串石头捂在手心里默默念了几句，说这就算开光了，说他这条路不好走，更需要保护。许伦又一次抱住了她，又说了一遍不是道歉就是祝福之类的车轱辘话，又一次让亦思受用了。

“行了，别抱了。”亦思推开他嗔怒道，“这儿也是你俩的秘密约会地点吧。”

许伦听出她语气里并无恼怒，再加上喝了酒，也就放开了。他点了点头，硬是把黑曜石塞到了亦思包里，说这个亭子没什么名气，晚上来的人不多，但风景是一样好。说着，又指了指不远处的公共厕所说，那个厕所没标男女，他俩上次去还闹了笑话。他貌似进了女厕，发现没带纸，打电话跟小琪要，发现小琪就蹲在他隔壁。

亦思也忍不住笑了。

许伦见亦思笑了，像是解脱一般高兴得手舞足蹈，边笑边说：“关键不是这，关键是小琪当时说了句，‘到底是我走错了还是你走错了’。”

亦思在跟着笑了两声之后，突然，脸色煞白。许伦一时还以为自己身后正站着一个怪物。亦思问：“你之前，你说，你之前说小琪是男的。”

“对啊，没错啊，怎么了？”许伦说。他不知道发生了什么事，但从亦思的语气里，他听出了一丝不好的征兆。

“这就怪了。”亦思说，“他是男的，你也是男的，你俩要么都走错了，要么都没走错，怎么可能一个错、一个没错？！”

许伦一愣，笑容直接僵在了脸上。借着湖面反射的月色，亦思甚至能看到他额头上有无数细密的汗珠渗了出来。“肯定是我说错了，要么你听错了，我刚是怎么说的来着？”许伦说着，用一种亦思从来没听过的声音大笑，笑声很怪也很长，几乎要让人以为他疯了。正在这时，他的手机响了。本身这通电话是可以救他的命的，可以帮他为未形成的谎言再争取三五分钟，他却因为屏幕上出现的联系人名字，犯了一个致命错误。

亦思最喜欢的关于爱情的描述，是塞林格的那句：“有人认为爱是性，是婚姻，是清晨六点的吻，是一堆孩子，也许真是这样的，莱斯特小姐。但你知道我怎么想吗？我觉得爱是想触碰又收回手。”

从那晚开始，亦思不再喜欢这句话了，许伦把这句话彻底毁了，也毁了他在亦思心里残余的最后的分量。手机响起的一刹那，许伦因为条件反射，无意识地收回了手。他不是因为想触碰，而是因为想隐藏些什么。

“给我。”亦思说。

“你还是不肯相信我，是吗？”许伦说，像言情剧里演的那样，语调里竟夹杂着几分戏剧化的哽咽。但亦思没有跟着他按言情剧的套路演下去，没有哽咽着说“你让我怎么相信你”，而是直接将他的手机抢了过来。

手机屏幕上，写着原本属于她的一个称谓：老婆。亦思心里一扎，按下了接听键，一个声音从电话里传了出来："怎么这么久才接？"

是个女的。

亦思笑了。她按下免提，将手机举到半空中，像是分享音乐似的，在这一片曾让无数诗人感慨万千的西湖夜色中，和许伦一起欣赏着电话里那个女人不断发出的"喂"的声音。

///

几天后，一篇名为《西湖事变》的直播帖在豆瓣"我的前任是个极品"小组传播开来。回到北京的那段时间，亦思几乎是靠网友留言撑下来的。他们一边安慰亦思一边咒骂许伦，简直比我们这帮常在身边的还要同仇敌忾。

其实我们并非不关心她。亦思刚回北京，刚删掉许伦所有联系方式时，我们几乎是全天候陪着她的。我们明白从心里抹去一个人很难，而且最难的不是如何抹去，而是如何填充空掉的部分。但在听闻无数遍"西湖事变"后，我们就像面对祥林嫂一样，实在是没有多余的同情心和全新的安慰办法了。

我们劝她赶紧找个男朋友，问她有没有备胎。她说没有，接着，她说了一句让我们哑口无言的话。她说狼来了的故事谁都听过，但如果你在乎他，你无论如何都会拿起镰刀和锄头去解救他的性命，即使知道他是骗人的，甚至希望他只是骗人的。她说之所以这么难走出来，就是因为太在乎许伦了，把他当成一辈子的人了，跟别人分开是换生活习惯，跟他分开是换整个人生。

///

就在亦思快要将整件事忘掉的时候，她终于还是收到了那张从周庄寄来的明信片。“人真的是不能作啊，”她盯着明信片正面印着的水乡风光说，“净是自己给自己添的堵。”亦思翻到背面，看着她一年半之前写下的那些密密麻麻的话，摇着头笑了起来。

一年半后的小思跟阿伦，你们好！看到这张明信片的时候，你们俩就在一起整整五年了哦！不知道那一刻的你们正在做什么呢？是小思刚做好饭，还是阿伦刚洗好碗呢？或者是小思正跟阿伦挤在一起吃着外卖看电视？那样也不错呀！不过千万不要是你们正在做那个事情呀，不然会羞羞的！

其实不管你们做什么都好，我们都好羡慕你们啊，能一起生活的你们，一定很幸福吧！我们可就惨了，还有一年半要熬呢……不过你们放心，为了能让你们快快乐乐地在一起，我们会加倍努力的！虽然异地恋真的很辛苦，身边的很多人也都失败了，但我知道我们会成功的，我们的爱情和他们不一样！为了成为你们，我们会坚持下去的！

加油哦！

“让你失望了哦，小傻瓜。”亦思学着一年半前的口吻对自己说，仿佛这样说就能阻止脸上火辣辣的疼似的。她走进厨房，捏着明信片在垃圾桶上方悬了半分多钟，几次想要撕掉，却不知哪里来的一股力气让她下不去手。最终，她放弃了。她捏着明信片走进卧室，将它塞进抽屉里的一个铁盒里。盒子里面装的是她和许伦相爱过的一些证据。她想了想，将明信片盖在了许伦送她的那串黑曜石手链上，又盖上盒盖，自顾自笑了一阵，端着盒子走到垃圾桶前，轻轻放了进去。

///

三个月后，亦思在网上发现了“小琪”的微博。“小琪”在微博上不叫小琪，而叫凯文的幸福生活，是一个有着四十多万粉丝的网络小红人，是一位在美国旧金山生活了好些年的华人。

“凯文”的相册里有无数自拍照，每一张的表情和角度都跟许伦给她看的那张一样，照片连起来甚至可以做成只换背景人不变的特效视频。终于，亦思翻到一张有其他人存在的照片。那是张在教堂内拍摄的结婚照，“凯文”和一个美国人牵着手，在牧师面前笑得很灿烂。附文是：“法案终于通过了，我们等了五年，感谢你们五年来的支持与厚爱，感谢上帝，也感谢你。”

“你做梦呢吧许伦？”亦思对着电脑笑道，“人家能看得上你？”

亦思说，她一开始还以为看到“小琪”的微博难受，是因为她仍对许伦耿耿于怀，后来才琢磨明白，她难受的不是因为许伦骗她，而是因为许伦竟用这样简陋的方式骗她。她说，她时常会想起我写过的一条微博：

“真诚希望，所有说谎的人都能把谎说圆，眼神坚定，口齿清晰，拆穿不了，也永无愧疚。人们并不介意谎言，被骗大不了认栽，且有可能被理解成怕人伤心而不得已欺骗；人们介意的是劣质的谎言：你骗我也就罢了，还他妈侮辱我智商，这后果就很严重了。”

虽然这条微博是我写的，但我现在倒觉得有些武断了。我说许伦用这样复杂的方式骗她，或许是真的怕她伤心，毕竟好过四年，爱情不在了，感情也是有的。亦思否定了我，还嫌我越来越中庸。她说相对于怕她伤心，许伦更怕她讨厌他、恨他、不喜欢他、不爱他，当然，这些跟让他担上出轨的责任相比根本不算什么。她说，所有男人不都是这样吗，说到底还是为他们自己。

我笑了笑，不再反驳了。一个原因是，如果能快一些走出来，她这样想未尝不可；再一个原因是，亦思说的，不得不承认是对的。末了，亦思又说，其实她从那个笑脸就知道真相了，她无意识地忽略那些漏洞，配合着许伦的骗局，可能只是为了让自己再瞒自己一段时间吧。

植物人

允哥走之前没有提前告诉我们，他只是把家里的几十盆多肉植物分送给了所有人。我们问他，要是养不活怎么办。允哥笑着说知道我们养不活，他只是不忍看着它们死在他手里。好在多肉植物是名副其实的皮糙肉厚，在我们这群除了自己就没养活过其他生物的粗人手里，也着实挨过了一些日子。不过好景不长，当我们得知允哥彻底消失了的时候，没两天，那些多肉植物就如同约好一般争相死去，像是失去了支撑它们苟延残喘的最后的奔头。

我对一切散发着诗意和童话气息的科学现象都持怀疑态度，比如因为伤心过度而一夜白头，比如对着大米说情话来延缓腐烂。所以当我目睹这场由植物们自发组织的集体殉情时，惊讶之色丝毫不亚于听闻发生在允哥身上的那些事。那些事就像他最后一次见我时说的话一样，因过于触目惊心而让人不忍安慰，仿佛多安慰一个字，都是在炫耀平淡生活里的喜乐安康。

他说：“我总说有人不嫌弃我就知足了，你当时还笑我虚伪。其实我说的是实话，我说不怪他们也是实话。你先别着急打断，我不是在卖可怜，这事要怪只能怪我。遇上一个该嫌弃我却没嫌弃我的人，我竟然没多想就知足了。其实我那不叫知足，我那叫贪心。我没多想是因为不敢多想，怕一多想就没了。我没多想，其实是想多了。”

///

允哥今年二十八岁，肤白，微胖，日常用无印良品，永远戴黑框眼镜，是我们公司一个客户的对接人。刚认识的时候，他经常自嘲说没有生活。等接触得深了，我们才知道他并不是矫情。除了上班和照顾他那几十盆宝贝似的多肉植物，允哥似乎再没别的事了。

我们叫允哥植物人，不在他养了很多植物，而在他永远给人没长性器官的感觉——不像男人，也不像女人。倒不是说他不男不女，只能说他身上没有动物的气息，相比之下更像植物——似乎从未显露过欲望，不论物质还是精神上的，甚至身体上的。

允哥没有女朋友，也不看片子，一聊起带颜色的话题，就像 MV 里对着女生唱情歌的品冠，硬着头皮被逼上阵一般。就因为允哥植物一般天然无公害，所以当我们得知他至今仍是处男时，竟谁都没好意思开玩笑。允哥告诉我们，他不但是处男，而且也没谈过恋爱，但，差点儿结了一次婚。

允哥的老家在乡下，从小就定了娃娃亲，父母本想让他高中一毕业就结婚的，没想到他能考上大学。允哥上了大学以后，连女方都觉得婚事不成了，毕竟是穷乡僻壤，归巢的鸟不多，有也是些没用的菜鸟。没人能料到允哥毕业后真的回去了，也没人能想到反悔的竟然是女方。姑娘不顾双方父母，蹲在地上边哭边说，她已经跟村口整天光着膀子的小铁匠私定了终身。婚没结成，允哥自然就回北京了。从此他不近女色，就这样单到了现在。他就是从那时候起养多肉植物的。

///

正因为允哥不谈女朋友，所以他有很多朋友。喜欢当允哥朋友的人很多，但说句实话，大部分都目的不纯，不是喜欢他的人，而是贪图他的好。允哥的好是没底线的好，把人惯成王八蛋的好，到最后谁都不能失去他却也不担心失去他的好。他们在得知允哥是处男后，几乎发动了所有人际关系，争相为他介绍相亲对象。但从他们眼睛里的贼光就能看出来，他们是抱着半帮忙半看笑话的态度。允哥自然是知道的，他婉拒了所有的相亲对象，只对每一个“热心帮忙”的朋友说“别害了人家姑娘”。

我至今搞不明白一些姑娘是怎么回事，婚后彻底变成婚姻的传教士，对朋友相亲热衷到丧心病狂的地步，只要身边还有一个朋友是单身，她就有罪，就辜负了结婚之神（如果有的话）对她的期望。

袁静就是这样，自从嫁给侨生，她就开始为民政局做起了义工。

得知允哥不肯相亲时，袁静竟急得夜不成眠，说起允哥都能掉下泪来。我们也不敢劝，毕竟婚后的女人什么事都做得出来，二十年后又是一位大妈。所以当袁静让出来吃饭叫上允哥时，我们就知道怎么回事了。我们虽不愿瞒着允哥，但谁都承担不起袁静的那些话：

“薛莹是我大学闺密，校花级别的，心气高着呢，要不是她想定下来找个靠谱过日子的，还轮不到你们常允呢。她之前看到常允照片就问是谁了，一直催我赶紧约见面，我拦都拦不住，你们要是不肯就是眼红，就是拆散他们，就是想让常允单身。常允要是错过了，说不定得单一辈子，到时候你们谁负责？”

///

薛莹一出现，所有的男人都骚动了，包括低下头以平常三倍速度吃饭的允哥。看来袁静没说谎，薛莹果然是校花级别的，还不是理工院校评选出来的那种“你们开心就好”的校花。原本袁静跟允哥挨着，她招呼薛莹时把允哥身边的座位一让，所有的男人又都安静了，允哥立刻就明白了。

袁静没有注意到允哥脸色不对，嫌事不大似的故意把薛莹的身体往允哥那边推了一下，揽住她的腰为允哥介绍她。薛莹倒是表现得很大方，说允哥真人比照片还帅。谁知允哥突然站起来，把所有人都吓了一跳。他谁也没看，盯着桌子上的饭菜说：“你们吃，我先走了。”说完就大步迈出餐厅。

“你们都知道今天是给我相亲吗？”允哥被我拦住后，气喘吁吁地问我。他的眼神很复杂，气愤、尴尬、委屈、羞耻一拥而上。我骗他说我们也刚知道。这是我第一次见他发火，还不知深浅。见他平静一些了，又试探着说其实相亲没什么大不了的，而且就算袁静是骗你来的，也没坏心，她也没给你找个歪瓜裂枣，薛莹不挺好的吗？

谁知允哥听完火气又上来了，冲我大声吼道：“这叫挺好？你看看我，你仔细看看我，你看看我能不能配得上这样的挺好？”我还未言语，允哥又赶紧摇摇头，把脸上的愤怒甩掉，跟着摆了摆手，说：“算了，我干吗为难你啊，你们也是为了我好。袁静也真是的，要我就算了，干吗要人家小姑娘……”允哥的声音突然小了下去，又重新低下了头。

“常允。”身后一个声音传来。我回过头一看，是薛莹。她正侧过脑袋，眯着眼睛对允哥笑。“袁静没有耍你。”她说。

///

允哥说，他就是因为薛莹的那个笑而爱上她的，那个笑像一缸温度适宜的洗澡水，栽进去的时候能让人舒服得喊一声“啊”。

允哥终于不是植物人了。跟薛莹结婚以后，他身上愈加能体现出人类本该具有的欲望了，不论精神上的还是身体上的。人有了欲望就有了想做的事，有了想做的事就有了不想做的事，允哥想做的事是跟薛莹在一起，不想做的事是不跟薛莹在一起。这是我从允哥赴酒局的频率上看出来的。以前叫他十次能出来十次，现在一次都叫不动了。

第一次被允哥拒绝喝酒，我就好比第一次被儿子拒绝团聚的父母，看着他跟女朋友约会而去的背影，既失落又感慨：这小子，也还是长大成人了；所以当半年后允哥第一次主动约我喝酒时，我又好比发现儿子往账户里打了十万块钱的父母，感动之情溢于言表：这小子，终于学会用实际行动报恩了。但我的一脸欣慰，消失在允哥说他仍是个处男的瞬间。

薛莹到现在都没跟允哥上过床，在他们相识已八个月、结婚快半年的时候。允哥说，他没想到薛莹会跟他结婚，而且会结得那么快。可他更没想到的是，虽然他单身了近三十年，也曾认为自己会孤独终老，却在接受了有媳妇这一设定后，每时每刻都想要，他的肾似乎想让他把这几十年的空白，全部在薛莹身上补回来。不幸的是，薛莹一次都没有答应他，不是说她太累，就是说她来了，再不就是心情不好，甚至还有时候未到：“可能太爱你了，想找个万事俱备的日子，再让你这股东风刮进来。”

听完允哥的转述，我竟莫名对薛莹有了敬意。不得不说女人在拒绝这方面都是天才，尤其是美女，竟能把人拒绝得那么诗意。相比之下，允哥一个没有经验的处男，只能她说什么就听什么，一拖就拖了半年。到最后，薛莹终于使出以一当百的绝招。她哭着对他说，她以前都是骗人的，她不可能是他的床伴，因为她是个性冷淡，以前没好全的抑郁症后遗出来的。

允哥说薛莹确实无缘无故就心情不好，他从不知道原因，薛莹也从不告诉他，说只能等情绪过了。但薛莹也有开心的时候，见老朋友就开心。袁静和侨生约他们吃饭时，她开心得快溢出来了，能消除从上一次见面后累积出来的全部不开心。在一次长达两个月的抑郁之后，薛莹最终提出要以一场旅行来解决她性冷淡的问题。这就是允哥找我喝酒的原因，他想叫我一起去，同去的还有袁静和侨生，因为薛莹说她希望人多，因为薛莹说她喜欢热闹。

///

我时常会想，如果没有碰到薛莹，允哥未来的日子会是什么样的。他会不会终其一生都在植物的陪伴下度过，到最后家里的盆盆罐罐多得下不去脚？一想到这儿我就起鸡皮疙瘩，脑海里浮现出一个头顶开出花的“植物人”。但我隐约觉得，如果允哥能够重新做一次选择，他可能宁愿浑身上下长满了花，然后在满屋的芬芳中心平气和地死去。

和允哥他们去青岛旅游的过程中，我一度怀疑他说的那些关于薛莹的事是假的，因为我完全看不出来薛莹有抑郁的倾向。不论在路途中还是景点前，薛莹都会挽着每一个人的胳膊，撒着娇让允哥用拍立得为他们拍合照。不仅如此，就连在海边踩水花、在夜市吃海鲜，她也会拿着手机疯狂自拍，完全一副刚谈恋爱的女大学生模样。

到我们要离开青岛的那一天，几乎所有人都累趴下了，只有薛莹一个人仍精神饱满，吵着要去海岸旅馆旁的礁石边上看夕阳。袁静第一个倒头装睡，允哥也面露难色，说还要收拾大家的行李，怕赶不上晚上的飞机。但薛莹不依不饶，让我陪她去，我还没吱声，她又扭过脸说不行，嫌跟我不熟没意思。最后袁静实在看不过眼，便派侨生陪她去了。侨生一脸不愿意，却拗不过薛莹可怜巴巴的眼神。薛莹大叫着抱了侨生一下，又跳到床上亲了袁静一口，拿起泳衣就去隔壁房间换衣服。等她换好泳衣抱着泳圈过来找侨生的时候，允哥一愣，脸一红，赶紧低下头收拾大家的行李。袁静还笑他是不是没见过薛莹的身体。等薛莹拉着侨生离开之后，允哥才放下行李叫我陪他出去抽烟。我立刻就知道出事了，因为允哥并不抽烟。

允哥跟我站在旅馆外面，一句话也不说，只是嘴唇在微微哆嗦，脑门上也直冒冷汗。他向我要了一根烟，擦了好几次打火机才点着，又冲薛莹和侨生渐远的背影望了一眼，一下子瘫坐在沙子上。允哥问我刚才看薛莹的屁股了吗？我不知道他要说什么，问什么意思。允哥说："薛莹泳衣里好像包了一个避孕套。"

///

允哥并没有跑去证实，说也有可能是他看走眼了，还反过来劝火冒三丈的我不要为他抱不平，说就算是真的，就当她在青岛玩了个旅游项目吧，或许她只是为了治好性冷淡。谁知那晚一回到北京，薛莹就主动向允哥承认了。

那天晚上薛莹一反常态，心情超乎往常地好，对允哥也超乎往常地好，一回到家就给了允哥一个暗示的眼神，边脱衣服边要感谢允哥为她安排的这次旅行。允哥当时还不敢相信，问她："你确定？"薛莹满面潮红、容光焕发，用力点了点头说，现在这一刻不就是她想去旅行的意义吗？

允哥笑了。他坐在床边，抱着薛莹又轻又缓地晃了两晃，说："其实你不必为了我这样，只要你能开心就好，我们的日子还长着呢。"说完，允哥紧紧抱住了薛莹，又在她背上轻轻抚了两下。薛莹一听这话，身子突然一僵，情绪激动地将允哥推开了。她蜷缩到床对面的椅子上，紧闭着双眼，连续对允哥说了无数句"对不起"，边说边流眼泪。允哥以为她是在为青岛的事道歉，忙让她不要再提，还安慰她说让那些事留在青岛吧，他们是要过一辈子的。薛莹听完这话哭得更凶了，边哭边说："可我不想跟你过一辈子啊。"

///

那天晚上，薛莹把她的事全招了。她没想到允哥人会这么好，她再没良心也瞒不下去了。薛莹说，她并没有得所谓的抑郁症，也并没有性冷淡，她仅仅是一直深爱着袁静的男人侨生而已。

薛莹和袁静以前是研究生院的同学，也是闺密。但薛莹是院花，而袁静是院花肥。周围人都说，薛莹和袁静形影不离，是因为美女身边都需要一位随时随地都能输给她的丑托。谁也没想到袁静因为一件事赢回了全部尊严，她跟她们共同的导师侨生结婚了，而侨生也是薛莹暗恋了两年的对象。

薛莹还是学生时，虽然暗恋侨生，但她并没有打侨生的主意，因为侨生当时有一个妻子，即使她从各方面看都很一般。为此，薛莹虽饱受暗恋之苦，但还是挺佩服侨生的，佩服他不在乎外表，佩服他从未对她有越界之举。薛莹没想到她毕业一年后侨生就离婚了，更没想到侨生离婚后跟袁静结婚了。婚礼当天，她实在忍受不了这样的“侮辱”，向侨生摊牌了。而侨生说的那番令人胆战心惊的话，让她对他有了新的认识。

侨生说，他天生就喜欢同时跟很多女人保持关系，即使他结了婚。但他有个原则，这个原则也是保证他从不败露的原因：他绝不跟未婚的女人纠缠，因为她们“没有家庭，容易无所顾忌，没有底线，容易东窗事发”。他说，他知道薛莹疯狂地爱着他，之所以不碰，就是因为薛莹未婚。而他选择袁静，是因为跟一个不那么疯狂地爱着他的人结婚，他就可以继续同时跟很多女人保持关系。

薛莹愣了一分多钟，这才意识到侨生不是在开玩笑。薛莹问他，难道不怕袁静知道这些吗？侨生笑了，说：“你觉得她会相信谁？”那一刻，薛莹终于看清了这个她相处了两年的导师、暗恋了三年的男人的真面目。最终，薛莹没有告诉袁静真相，不是怕她误会，也不是怕她难过，而是歇斯底里了几个昼夜之后，发现自己对侨生的爱竟丝毫不减，甚至比之前更疯狂地想要得到他。

薛莹就是在那时候下定决心结婚的，为了侨生，她要成为一个“有家庭，不容易无所顾忌，有底线，不容易东窗事发”的女人。允哥也就是在那时候“堂而皇之”地出现的。薛莹在袁静那里看到允哥的照片时，一眼就选中他了，因为他“看起来人很好哎，老实巴交的，应该还蛮好欺负的吧”。

///

薛莹招认完的第二天，允哥进医院了，右腿骨折，脖子也差点儿断了，听他说是昨晚不小心从楼梯上滚下去的。我们去医院看他的时候，唯一完好无损的就剩下他的面部表情了。右腿打着石膏、脖子戴着护颈的允哥对我们挤出一个笑容，说这下真成植物人了。那时我们还不知道薛莹和侨生的事，也不知道他受伤不是不小心，而是他去教训侨生的时候，被侨生从楼梯上推下去了。

允哥在医院里住了两个多月，其间除了我有空就去看他之外，其他朋友仅在他刚住院时去过一次。不过这也无可厚非，现代朋友太忙了，能去看看就算有情有义，能带点儿水果就算仁至义尽。但薛莹也只去过一次就说不过去了。我好几次想问允哥难道不介意吗，之所以忍住了，是因为上次去看他的时候，我隔着病房门看见了侨生。侨生把手机举到允哥面前，似乎在让他看什么。允哥一看到手机脸都白了，立刻让他拿开。我觉得可能跟薛莹有关。

两个月后，我知道了薛莹和侨生的事，是允哥在出院前几天告诉我的。他让我发誓，从这天起，我不能透露他告诉我的所有事情，我答应了。他又让我举起手来一次真的发誓，我也照办了。允哥这才从床头柜上拿起他的手机，郑重其事地递给我。我一看，愣了。

手机里有几张照片，都是允哥的裸照。

允哥说，他之前骗了我们。那个和他定过娃娃亲的姑娘悔婚，不是因为她和村口整天光着膀子的小铁匠私定了终身，原因在照片里。

她悔婚不在准备结婚前，而在洞房花烛夜。他之所以想起用小铁匠当借口，是因为他曾在河边见过小铁匠的身体，那是一个正常男人的身体，和他不太一样的身体，那个身体让他自青春期起，就从未在任何人面前裸露过。但那个姑娘在洞房花烛夜里的那声透着绝望的号哭，相当于让他赤裸着全身，挨家挨户走遍了全村。

允哥说，六年前的那次经历，或许他马上就要再经历一次了。这几张照片是薛莹偷拍的，而传给他看的人是侨生。允哥去“教训”过侨生之后，侨生怕和薛莹的事就此败露，便决定和她停止来往。对一个大学里正在往上爬的副教授来说，声誉比任何事情都来得重要，这也是他不找未婚女人的原因。但是，薛莹不依，薛莹已经歇斯底里了。她把以前偷拍下来的允哥的裸照发给侨生，说只要以此威胁允哥，事情就不会败露，说允哥曾坦承过娃娃亲悔婚的事情，说她了解这是允哥这辈子不能提及的痛处。

允哥说，他知道我是他唯一的朋友。他给我看这些照片，是怕有朝一日照片被曝光我会看不起他，一定要当面让我看见。如果照片真的传了出来，他希望我什么都不做，不去找薛莹，也不去找侨生，只求我再次看到照片时，不要觉得那么触目惊心，就算拿他当朋友了。

最后，允哥郑重其事地问了我一句话，我从未见过他如此认真，好像我的答案是决定他命运的生死签。允哥问，有没有觉得他不是个男人，哪怕念头在脑海中一闪而过也算。我也郑重其事地盯着他，再一次举起了右手。允哥点了点头，笑着说：“明白了，明白了。”

///

不幸的是，我还是在网上看到了允哥的裸照。那天正好是允哥出院的日子，比他正式出院提前了一天。允哥没有通知任何人，也因而捉住了正在他家床上偷情的薛莹和侨生。听说允哥当时吼了好几声狗男女，比那个多年前洞房花烛夜的姑娘喊的声音还要大，还要绝望。侨生就是在那时候把允哥的裸照发出去的，因为允哥立刻拿出手机，拨通了袁静的电话。

照片一发出来，瞬间就在朋友圈和微博上铺天盖地地转了起来。除了在侮辱男人的脏话里，人们都没有在现实中见识过这样离奇的事情。思维活跃的人们说照片中的不是地球人，性格多疑的人们说照片是 PS 出来的，还有才华横溢的人们拿那些照片画了漫画，编了段子，写了故事。他们画得特别好，编得特别好，也写得特别好，几乎拯救了几十万网民一整个下午的无聊。但他们的兴奋跟认识允哥的人相比，简直不值一提。此后的很长一段时间里，那些照片几乎被认识允哥的每一个人保存在手机中，也几乎成了一半认识允哥的人茶余饭后的话题。另一半认识允哥的人，似乎并不那么关心那些照片，因为他们正忙着讨论，允哥那天到底捅了侨生多少刀。

///

侨生死后的第二个月，我记得那天是秋天中的一天。我能记得是因为那天早晨我起床上厕所的时候，忽然感到马桶圈变凉了。但具体

我接受了没有你的余生，从我梦到你却第一次没有告诉你的那一刻起。

灯泡灭了，我仔细检查了下，钨丝并没有断。我重新按下开关，灯泡闪了两下又灭了。我问，你怎么了，不开心吗？灯泡回答，等会儿，有个蛾子在窗外看我好久了。我说，那不挺好，有人看得上你。灯泡说，我不是火，别让她看错了，误了人一辈子。

是哪一天，我记不得了，除非我能找到那份记载了允哥翻案的报纸。

印象中，允哥的新闻在那份报纸中并不是头版，头版上依然是表现国家繁荣昌盛的事。但所有人赞颂允哥所做的事时，显然比赞颂国家繁荣昌盛更有热情。尤其那些曾在网上嘲笑过允哥裸照的人，又纷纷为允哥转发点赞，说他是伟丈夫，说他是真男人，说嫁人要嫁允哥哥，好像他们真会嫁似的。我虽然为允哥翻案而感到欣慰，但我知道这不是允哥想要的结果，他太不想要了，以至于所有刊登这则新闻的报纸上，排出的照片无一例外，全都是允哥痛哭流涕的样子——因为薛莹在法庭的证人席上自首了。

侨生是薛莹杀的。她将允哥的裸照发给侨生之后，侨生依然不想和她继续纠缠，无论薛莹如何低声下气，他都不肯再和薛莹有任何关系。因为他烦薛莹这样“不尊重游戏规则的人”，因为薛莹对他来说“已经丧失了作为女人的全部魅力”，因为他没有想到薛莹“竟然会贱到这个地步”。于是薛莹以“我知道我贱，但这是最后一次，求求你，我保证是最后一次”将他约到床上，连捅七刀。

那天正好是允哥出院的前一天。他接到薛莹电话之后，立刻赶回了家。他没有看到薛莹和侨生在床上云雨，睡在他床上的只有赤裸裸的侨生，他身上那七个用刀捅出来的血窟窿依然鲜血涌动。而同样没有穿衣服、浑身沾满了血迹的薛莹，正双目无神地坐在一旁的椅子上，手持凶器，面无表情。允哥放下行李，从她手中拿过刀，抱了她一会儿，轻轻说了声：“别怕。”

邻居们就是在那个时候听见允哥喊“狗男女”的，他喊得声嘶力竭，确保周围的每一户邻居都能听见。允哥喊完之后，又拨通了袁静的电话，气喘吁吁地把侨生和薛莹的事都告诉她了，边说边掏出侨生的手机，将自己的裸照一张一张发到了网上。发完之后，他抱着薛莹去卫生间洗了个澡，又处理了一下通话记录和指纹，然后他报警了。警察敲门的前一刻，允哥正给他那些宝贝似的多肉植物浇水。他去给警察开门的时候，对薛莹说的最后一句话是："我以后就不在了，下回你可不能这么傻了。"

///

允哥把那些多肉植物分发给我们之后，又单独跟我喝了一顿酒，我那时还不知道，那是我最后一次见到允哥。允哥说，他昨天又去监狱看薛莹了。薛莹进去之后，允哥前前后后看了她好多次，大都是为了办离婚手续的事。薛莹非让他办的，说别耽误了他。允哥一开始不同意，说他这辈子已经被老天耽误了，再耽误十六年也无所谓。但他昨天还是答应签字了，因为薛莹终于说了实话。她说她不是为了允哥去自首的，她只是为了自己，只是因为良心过不去，让允哥不要误会她，也不要耽误她，她只是被判了十六年，说不定还能减刑，但跟了他，就相当于被判了一个无期。末了，允哥郑重其事地问了薛莹一句话，允哥问她有没有爱过他，哪怕念头在脑海中一闪而过也算。薛莹歪着脑袋盯着他看了一阵，没有说话。允哥点了点头，笑着说："明白了，明白了。"

第二天，允哥消失了，迄今为止，我再也没有见过他。

后记

致所有也会难过的人

——每一种难过都事出有因，

但也总有其解决之道

我原是对四季更迭充满期待的。

会在春天期待短裤拖鞋洗冷水澡，在夏天期待凉风红叶万里晴空，在秋天期待棉被恋人相濡以沫，在冬天期待宽衣解带春暖花开。虽说这些期待有些辜负当下，但好歹也算积极向上的念头。

我喜欢我的这些期待，我也喜欢有这些期待的我。

不知从何时起，这些念头竟悄无声息地消失了，像被技艺娴熟的扒手扒走了钱包，我丝毫没有察觉到。

直到今年的立春。

蒋雯丽老师扮演的王彩玲曾说过这样一句台词："立春一过，实际上城市里还没啥春天的迹象，但是风真的就不一样了，风好像在一夜间就变得温润潮湿起来了，这样的风一吹过来，我就可想哭了。我知道，我是自己被自己给感动了。”

几乎每年立春，我都能想起这句台词，也像王彩玲一样，为二月还寒里几乎难以察觉的一刻乍暖而眼眶泛红，为内心对世间万物腾起的一阵莫名的好感而备觉欢欣。

但今年没有。

今年立春，当网络上心有余温的人们都在转发这句台词时，我竟没什么感觉，更没有像往年那样，志愿为“立春”二字献身于柔软的、用诗意会聚而成的泥潭。要说一丁点感觉都没有也好，起码可以归因于成熟了、现实了，但我当时其实还是有感觉的，我的感觉着实将我吓了一大跳——

关我屁事。

这就是我对今年立春产生的唯一感受。

不得不承认，脑袋里出现这四个字时，很爽，就像向周遭一切如跳梁小丑般为立春载歌载舞的人复了仇。但等这四个字一消失，立刻就不爽了，觉得浑身一下子空落落的，就像无意中摸了摸装钱包的口袋，发觉钱包不见了一样。

比这更令人不爽的，甚至到了恐怖的境地的，是刚才还欢快、和睦，至多是面无表情的人们，几乎全部变了嘴脸，统统变成斜着眼睛仇视我的敌人。那一刻，我终于明白是怎么回事了。

我已经不喜欢这个世界了。

///

这对我来说很严重。非常严重。

对于一个靠感觉为生的人，这简直就相当于断了他的财路啊！

发现我不再喜欢这个世界之后，我放下了手中的一切事物，想要花时间搞清楚到底是什么原因。我甚至拿出了纸和笔，一一列举出我认为的可能性，但这些可能性都被我一一排除了。

最终，纸上剩下了三个看起来嫌疑比较大的理由：

一、我失去的太多了。

二、这里已面目全非。

三、我是吃饱了撑的。

关于"我失去的太多了"，我倒是肯承认的，甚至愿意拼命点着头承认，就像摔倒后跑到大人面前哭泣的孩子，渴求头顶能得来一片温暖的抚摸。

我在今年失去的，简直多得可以漫出来了。我失去了一些我认为很厉害的想法、一些我相信能坚持的习惯、一些本可以抓住的机会，甚至一些曾以为到永远的朋友。但话又说回来，这种失去，往年几乎也在马不停蹄地发生着。

失去，是人们需要花费一生来学会适应的课题。

我曾为这门课题犯过如痴如愿的傻，以为听过几条似乎是那么回事的人生哲理，就能在三十岁之前看淡一切。后来才发现是不可能的，就好比打过针后知道会疼，再打也还是会疼一样，至多让护士姐姐手轻点儿。但就算护士姐姐手轻得像天使，他妈的，还是疼。

关于“这里已面目全非”，我认为很有可能是这个原因，因为不止一位朋友跟我有相同的感受。我们学着那些摇起蒲扇的老人，互相抱怨新闻里正在发生的事：你说今年的天灾人祸咋这么多，真是不知道造了啥孽哟！

我虽然也参与到遇见坏事就摇着头叹息，遇见好事又摇着头不信的人群当中，却隐约觉得，说句残忍的话，除非这些不幸发生在我身边，否则我还是麻木地当这只是新闻，同我关系不大，同我不喜欢这个世界关系也不大。况且这些坏事往年也在发生，就像班主任老师几乎对每一届学生都会说的那句：我带过这么多届学生，没见过像你们这么差的。

关于“我是吃饱了撑的”，好吧，我估计很多人都觉得是这个原因。但真要以此作为解释，世界就真的太令人绝望了。这种解释剥夺了生命中的所有意义，跟那些不在意生活本质、得意地叫嚣着“反正人都会死，反正吃的都会变成大便”的人有什么区别。

我之所以如此钻牛角尖地想搞明白，是因为当我意识到我已经不喜欢这个世界了以后，我陷入了万劫不复的难过当中，并为此由衷地感到不公：

明明是我先不喜欢世界的，明明该世界难过，但最终难过的却是我。

我像是先提分手的那个，本想吃大肉、喝大酒，吼着终于解脱了，世界这个浑蛋玩意儿却跟没事人似的，甚至比往常更加欢呼雀跃。这时候，我心里会发出“咚”的一声，看着眼前繁盛又苍凉的大地，好像才明白过来一些事。

莫非，我的难过跟这个世界并没有多少关系？

莫非，我是因为心里难过，才不喜欢这个世界的？

///

在向内心深处苦苦探索令我难过的原因的过程中，有一句话是我无论如何也难以启齿的，但它时常在我脑袋里出现：平心而论，我并没有做错什么，为什么让我莫名难过？之所以难以启齿，是因为我看到太多拍着胸脯说平心而论的人，到最后都被证明是罪有应得。

我不甘心。

我想揪住脑袋里负责嘲笑我自己的声音的衣领吼道，我和他们不一样。

我没杀人放火，没偷鸡摸狗，为了尊重天桥上摆摊的劳动者，我连看到乞丐都会强忍着不给钱。但我知道，我不能对我脑袋里的声音说这些。一则，我确信那个声音的反驳会让我更加无地自容。它会说，哎呀，就你厉害，就你的难过比别人优雅。二则，这个声音可能没有衣领。

于是，这种毫无缘由的难过，还是延伸到了我生活的各个领域，让我对这个世界的厌恶越来越剧烈。我最直观的感受就是，现实生活跟书里说的、电视里演的完全不一样。我不由得开始羡慕故事里的那些人，难熬的日子往往一句“几年后”就解决了，现实却要实打实地分秒煎熬：

我听到好听的情歌，再不觉得动人了，而是很假。

我看到好看的电影，再不觉得精彩了，而是很假。

我遇到好玩的人们，再不觉得有趣了，而是很假。

……

全是假的。

全是虚妄。

///

最终，我心里实在堵得不行，便开始四处找朋友求助。

我跟我的一位发小儿诉苦，说担心我有点儿抑郁。发小儿的安慰倒是很潇洒，说你这不算抑郁，你这就是不开心，抑郁比不开心不知道高级到哪里去了。我笑着转移了话题，寒暄了几句便挂了电话，找另外一位发小儿谈心。复述完前一位发小儿的话，另一位发小儿比他还潇洒，他说：“我靠，那谁说得太经典了，他简直一语道破天机呀。”

什么就天机？老子要你们是干什么吃的？！

终于，在询问过几个朋友之后，我放弃了倾诉的欲望。

有几位倒是安慰得挺诚恳，什么“你想开点儿”，什么“都会过去的”，什么“人生最重要的就是开心”，有些甚至为我引用了市面上很火的书名，就连某个法师写的“一切都是最好的安排”也出现了，就差“你是上帝咬过一口的苹果”了。

但这些话，就好比站在饿极了的乞丐面前，咬了一口面包，一边吧唧着嘴一边对他说：“你看，这是面包，很香的。”

我傻啊我？我不知道面包香？我不知道开心比难过好？

但我不能跟朋友们翻脸，毕竟他们是在好心安慰我。说到这里，之前看到过一条微博，总结出了十几句“不能对抑郁者说的话”，虽然我没有抑郁，我只是比抑郁不知道低级到哪里去了的不开心，但我还是想要在此摘抄数句：

别人比你还惨。

明天就会好了。

你必须去面对它。

生活还是要继续。

生活就是这么不公平。

你这样太自私了。

你搞得我心情也不好了。

你到底在抑郁什么？

别自怨自艾了。

你出去跑跑（玩玩、透透气）就好了。

每个人都在应对各种问题，为什么你就不行？

……

真操蛋啊，这些话。

想来这有可能就是成年人最终越来越不爱谈心事的原因。因为到最后就会发现，这个世界上是没有人能够理解别人的难过的，就算有过相仿的经历，由于这次不是发生在自己身上，当下也不会感同身受。

///

我曾为柴静采访周星驰的一段访谈视频而深深感动。柴静问周星驰：《西游降魔篇》的结尾依然沿用了《大话西游》里那句有关一万年的台词，我是不是可以理解成，你就想在这个时候，说出你人生中想说的这句话？周星驰说对。他问柴静是否也有这种感觉。柴静说对。周星驰点了点头，说："谢谢你啊，谢谢。"

当我听到那声谢谢，眼泪差点儿流了出来。

那声"谢谢"，或许是一个踽踽独行了大半辈子的人，终于得到理解时所能表达出的最诚挚的一声感慨了吧。或许我们也一样，不论我们的难过高级不高级，我们的矫情应该不应该，我们都在期待着能有一个人，说出这一声"对"，说他也是这样理解的。

我的这十几篇故事，便是在这样的想法里写出来的。我难过的心情，也终于在今年夏末，随着我头一次感受到马桶圈的凉意而彻底结束了。我知道说这些故事帮助了我有些夸张，但也不能说不是，因为真正帮助我的，正是这些故事中主人公的原型——我遇到过的人们。

我理解他们，他们也理解我。

他们有些和我仅有过一面之缘，便擦肩而过，有些和我相视一笑，因为某种莫名的契机决定共走一段，但更多的是他们发给我的私信，在私信里说尽了让他们夜夜哭泣的细碎红尘。他们的共同点是，和我一样正在难过着，也和我一样努力地往出挣扎着。但他们又是那样不同，以至于写完他们的故事，我便像是重新经历了好几段不同的人生。

不论怎样，我都庆幸能把他们留在故事里。

我记得，是一个女生吧，她之前对我说过她的故事，也允许我将她的故事写成文字。我要说的是，当我把写好的故事发给她看的时候，她的确郑重其事地跟我说了一声“谢谢你”。

在那一刻，我心里发出了“咚”的一声。我按捺不住不知从何而来的一阵近乎疯狂的喜悦，在回家的路上趁四下无人欢呼雀跃起来。比这还要令人惊喜的是，我看到前方有一片树叶飘到了我的脚下。

这不会是这个秋天的第一片落叶吧?

这个想法着实吓了我一大跳——

我的天哪，我似乎又重新喜欢起这个世界了。

///

接下来的话，是对这些故事里出现过的人物说的，当然，也是对让这本书有幸成为他枕边的睡前故事的人说的。

我真诚地希望，这些故事里的人，不论是从最会害羞的少男变身为最会搞笑的谐星的罗安，还是因为离婚而第一次在弟弟关几面前哭泣的姐姐，不论是曾由于想法单纯而离开了一生所爱的何夕，还是不顾众人反对对世界撒下弥天大谎的植物人允哥，还有那个令人心疼的小姑娘苗沫、那个令人心碎的辅导员易南，不论是谁，最终都能围成一圈儿，办一个美剧里经常出现的类似“嗜酒者互戒会”那样的聚会。

别害羞，这种类型的聚会，连美国队长都参加过。

创立这个互助会的主持人，我想很有可能是我，会在聚会之前笑着说：大家好，我是小北。大家也会笑着说：你好，小北。然后，会有一个人从我身后缓缓走出来。这个人，很有可能是你，你也曾在这个互助会里，但现在你已经不难过了，你是回到这里探望我们的。

你的笑容比我们任何一个人的都要灿烂，你站在我身旁，向我们分享你的经验，给我们讲你的故事，为我们加油打气，对我们说一句我们互助会里每个人都知道的那句口号——愿我们不会难过太久。

是的，不论是因为什么样的理由难过，大家都是会难过的，而难过时都是不好受的。这种不好受，在难过离开之前，是任何人都无法略过不理的，需要一秒一秒来熬的。但我还是希望，这本书能够成为这样的一个地方，书里的人能够成为这样的一群人，围在你的身边，在一段你无论如何都无法避免的难过岁月里，笑着对你说一句——至少，让我陪你难过一会儿吧。

写于2014年年末

图书在版编目（CIP）数据

那时，我们还不怕相爱 / 飞行官小北著 .— 长沙：湖南文艺出版社，2015.4
ISBN 978-7-5404-7110-1

Ⅰ.①那… Ⅱ.①飞… Ⅲ.①短篇小说—小说集—中国—当代
Ⅳ.① I247.7

中国版本图书馆 CIP 数据核字（2015）第 050068 号

上架建议：小说·情感励志

那时，我们还不怕相爱

作　　者：飞行官小北
出 版 人：刘清华
责任编辑：薛　健　刘诗哲
监　　制：蔡明菲　潘　良
策划编辑：董晓磊
特约编辑：张思北
装帧设计：鹿　戟
版式设计：李　洁
内文排版：百朗文化
出版发行：湖南文艺出版社
（长沙市雨花区东二环一段 508 号　邮编：410014）
网　　址：www.hnwy.net
印　　刷：北京嘉业印刷厂
经　　销：新华书店
开　　本：880mm × 1230mm　1/32
字　　数：178 千字
印　　张：8.5
版　　次：2015 年 4 月第 1 版
印　　次：2015 年 4 月第 1 次印刷
书　　号：ISBN 978-7-5404-7110-1
定　　价：36.80 元
（若有质量问题，请致电质量监督电话：010-84409925）